edition suhrkamp 2624

Kostja kommt entstellt aus dem ersten Tschetschenienkrieg zurück, bei einem Raketenangriff ist sein Gesicht bis zur Unkenntlichkeit verbrannt. Zu Hause in einer Moskauer Satellitenstadt vergräbt er sich, er säuft Wodka und zeichnet. Nur seine Nachbarin holt ihn gelegentlich aus seinem Kokon: Er soll ihrem Sohn Angst einjagen, wenn der mal wieder nicht ins Bett will. Eines Tages tauchen zwei ehemalige Kameraden bei ihm auf, sie suchen Serjoga, der sie aus dem brennenden Panzer gezogen hat. In einem amerikanischen Armee-Jeep machen sie sich auf eine Odyssee durch ein Land, das von den Folgen des vergessenen Krieges im Kaukasus traumatisiert ist. Der lakonisch erzählte, stilistisch an Autoren wie Raymond Carver geschulte Kurzroman gilt als Schlüsseltext der russischen Literatur des frühen 21. Jahrhunderts.

Andrej Gelassimow, 1965 im südsibirischen Irkutsk geboren, zählt neben Viktor Pelewin zu den wichtigsten Erzählern seiner Generation.

Andrej Gelassimow
Durst

Aus dem Russischen
von Dorothea Trottenberg

Suhrkamp

Originaltitel: *Žažda*.
Der Übersetzung des 2002 erstmals veröffentlichten Textes liegt die 2009 im Verlag Eksmo in Moskau erschienene Fassung zugrunde.

edition suhrkamp 2624
Deutsche Erstausgabe

Druck: Druckhaus Nomos, Sinzheim
Umschlag gestaltet nach einem Konzept von Willy Fleckhaus: Rolf Staudt
Printed in Germany
ISBN 978-3-518-12624-0

1 2 3 4 5 6 – 16 15 14 13 12 11

Durst

Es passte einfach nicht der ganze Wodka in den Kühlschrank. Zuerst habe ich versucht, ihn zu stellen, dann legte ich eine Flasche auf die andere. Sie lagen da drin wie durchsichtige Fische. Die Flaschen hatten sich verkrochen und klirrten nicht mehr. Aber es waren immer noch welche übrig, ungefähr zehn. Ich hätte meiner Mutter längst sagen müssen, dass sie diesen Kühlschrank mitnehmen soll. Eine Zumutung für mich und für den kleinen Jungen nebenan. Jedes Mal weint er hinter der Wand, wenn das Biest mitten in der Nacht losrumpelt. Und nie passt mein ganzer Wodka rein. Zu klein, verdammt.
Scheißteil.
Deshalb musste ich sie auf den Schrank stellen. Und aufs Fensterbrett. Und auf den Boden. Alles wie üblich. Eine habe ich ins Bad gelegt – in den Korb mit der schmutzigen Wäsche. Ich dachte, lass sie da liegen. Für alle Fälle.
Als ich das mit dem Wodka mehr oder weniger geregelt hatte, begann es an der Tür zu klingeln. Zuerst wollte ich nicht aufmachen, weil es schon spät war, aber dann machte ich doch auf. Es konnte sowieso nur Olga sein. Selbst meine Mutter war schon seit einem halben Jahr nicht mehr da gewesen. Wir kommunizierten per Telefon.
– Entschuldige, dass ich dich schon wieder störe, sagte sie.
– Nikita macht wieder Theater. Hilf mir noch mal. Alleine werde ich mit ihm nicht fertig.
– Das sind Probleme! sagte ich.
Ich warf eine Jacke über und folgte ihr. Ich ließ sogar die Tür offen.
– Na, na, wer will denn da nicht schlafen?

Der Junge zuckte zusammen und starrte mich an wie ein Gespenst. Sogar seine Bauklötze ließ er fallen.
– Wer hört denn da nicht auf die Mama?
Er sieht mich an und schweigt. Nur seine Augen sind groß wie Untertassen.
– Komm, mach dich fertig, sagte ich. – Wenn du der Mama nicht gehorchen willst, wohnst du eben bei mir. Du kannst aber nur ein Spielzeug mitnehmen.
Er schweigt, und sein Mund öffnet sich sperrangelweit.
– Was nehmen wir mit? Das Auto oder den hier? Wer ist denn der Kerl hier mit der Unterhose? Etwa Superman? Komm, nimm Superman mit.
Er guckt rüber zu Olga und flüstert:
– Ich will schlafen. Mama, ich geh jetzt ganz von alleine schlafen.
Ich sage:
– Braver Junge. Du hast schnell kapiert. Wenn das noch mal passiert, komme ich wieder, dann nehme ich dich wirklich mit.
An der Tür hielt Olga mich auf:
– Willst du einen Tee? Gehen wir in die Küche, ich hab gerade welchen aufgegossen.
Ich sage:
– Meine Tür steht noch offen. Man kann nie wissen …
Da sagt sie:
– Entschuldige, dass ich dich immer damit belästige. Es ist einfach … er hat nur vor dir Angst … Auf mich hört er überhaupt nicht mehr.
Ich muss grinsen:
– Verstehe. An seiner Stelle hätte ich mich noch viel mehr erschrocken Wie alt ist er?
– Fünf. Vier Jahre und zehn Monate.

Ich sage:
– Ich hätte mich noch viel mehr erschrocken.
Darauf sagt sie wieder:
– Entschuldige ... Nimm es mir nicht übel, bitte.
Nach einer Weile sage ich:
– Schon in Ordnung. Wenn was ist, komm vorbei. Ich bin jetzt sowieso zu Hause. Die Arbeit ist fertig. Mein Geld habe ich bekommen.
Sie sieht mich an und sagt:
– Trinkst du jetzt wieder drei Monate lang Wodka?
Ich sage:
– Wie kommst du denn darauf? Ich sitze einfach zu Hause vor dem Fernseher.
Sie sieht mich an und lächelt. Nicht besonders fröhlich allerdings.
– Na gut, entschuldige nochmals. Komm du auch vorbei, wenn was ist. Willst du wirklich keinen Tee?
Zu Hause ging ich zum Spiegel und blieb lange davor stehen. Ich sah mir an, was aus mir geworden war.
Wenn doch Serjoga sich damals nicht geirrt hätte und mich nicht im Panzer hätte brennen lassen bis zum Schluss. Aber er dachte, ich sei schon perdu. Deshalb hat er zuerst die anderen rausgeholt. Die, die sich noch rührten.
So dass ich heute nur noch Kinder erschrecken kann. Olga hat Glück gehabt mit ihrem Nachbarn.

* * *

Als ich in die Baufachschule kam, mussten wir alle vor dem Gebäude zum Appell antreten, und der Vizedirektor sagte: Ihr seid jetzt das Gesicht der Bauindustrie. Enttäuscht eure Väter nicht. Obwohl – wen hätten wir schon

enttäuschen sollen? Unser Vize hatte offenkundig nicht den Durchblick. Anstelle von Vätern drückten sich bei uns zu Hause irgendwelche Onkel Ediks herum. Im Singular natürlich. Aber der Vize meinte uns alle, die wir ihm da gegenüberstanden, obwohl es schon längst regnete und die Bäume fast alle keine Blätter mehr hatten. Deshalb sprach er auch im Plural. Wir standen vor ihm und schlotterten vor Kälte – niemand hatte uns gewarnt, dass der Appell so lange dauern würde. Deshalb hatten wir die Jacken im Hörsaal gelassen. Zigaretten hatte natürlich auch keiner dabei. Aber vielleicht lag er ja ganz richtig mit seinen Verallgemeinerungen. Wer weiß – vielleicht hat damals schon bei jedem von uns ein Onkel Edik in der Küche gehockt.
Mama sagte immer: – Du brauchst gar nicht so ein Gesicht zu machen. Eduard Michailowitsch hilft uns. Wenn er nicht gewesen wäre, weißt du, was dann aus uns geworden wäre? Dein Vater ist sowieso zu nichts zu gebrauchen. Ob vor der Scheidung oder nachher – er kümmert sich einen Dreck um uns. Weißt du, was aus uns geworden wäre?
Doch das wusste ich nicht. Und Eduard Michailowitsch war für mich nicht Eduard Michailowitsch. Und Onkel Edik war er für mich auch nicht. Er war einfach niemand für mich. Nicht einmal »er« sagte ich, wenn ich meiner Mutter etwas mitteilen wollte. Ich grunzte dann nur und schüttelte den Kopf. Aber sie verstand es immer. Nur sagte sie jedes Mal: – Du brauchst gar nicht so ein Gesicht zu machen.
Aber ich dachte daran, wie ich im Sommer mit ihr und Vater zum Sonnenbaden gegangen war und er immer weiße Shorts trug, damit seine Bräune um so deutlicher hervorstach, er wurde nämlich schnell und schön braun. Auf dem

Kopf eine schicke Kappe und eine buntschillernde Sonnenbrille. Nie saß er mit uns auf der Decke. Er lief herum oder stand in der Nähe, oder er spielte Volleyball. Oder er scherzte mit irgendwelchen braungebrannten Mädchen. Mama und ich verkrochen uns unter dem Sonnenschirm. Sie sagte immer: – Kostja, du hast meine Haut geerbt. Mit so einer Haut darf man nicht in der Sonne liegen. Zu viele Sommersprossen. Komm, ich reibe dich ein. Sonst verbrennt dein ganzes Gesicht.

* * *

Olga öffnete fast sofort. Bestimmt hatte sie es noch nicht mal geschafft, ihren Nikita auszuziehen.
– Willst du doch einen Tee? Sehr schön. Geh schon mal in die Küche. Ich bringe Nikita jetzt ins Bett.
Ich wartete im Korridor auf sie, und als sie aus dem Kinderzimmer kam, sagte ich, dass ich keinen Tee wollte.
Sie sollte mir einfach zeigen, wo ich den Spiegel aufhängen könnte. Das heißt, erst mal nur aufstellen. Es war nämlich schon spät, und Nikita war im Bett. Deshalb konnte ich im Moment natürlich nicht gegen die Wand hämmern. Obendrein waren da noch die Nachbarn. Obwohl – außer mir wohnte nur noch ein alter Mann auf der Etage. Und der war taub. Aber immerhin, da war Nikita. Also besser morgen früh. Bis dahin jedoch musste ich ihn einfach irgendwo abstellen.
Sie sah mich schweigend an, dann deutete sie mit der Hand in die Ecke. Direkt unterhalb der Garderobe. An der anderen Wand hing nämlich schon ein Spiegel. Genau so ein runder. Aber etwas größer als meiner.
Ich richtete mich auf und sagte:

– Der ist noch von meiner Mutter. Sie sind schon lange weggezogen, aber ein paar Sachen haben sie vergessen ... Diesen blöden Kühlschrank zum Beispiel. Der stört deinen Nikita sicher beim Einschlafen?
Sie sagte:
– Nein, tut er nicht.
Daraufhin schaute ich mir ihre Diele an und sagte, es wäre mal Zeit zu renovieren. Sie lächelte und sagte, das könnte sie sich nicht leisten.
– Schon gar nicht so, wie du das machst. Was nimmst du?
Ich sage:
– Ich arbeite nur nach westeuropäischem Standard. Für die Reichen. Doppelverglasung, abgehängte Decken – lauter Schnickschnack.
Sie sagt:
– Trotzdem – wie viel?
Ich sage:
– Na ja, so achtzig-, hunderttausend. Manchmal auch hundertzwanzig.
Sie sagt:
– Nicht übel.
Und ich sage:
– Die haben Knete genug. Da muss einer den anderen ausstechen.
Sie lächelte.
– Ein kompliziertes Leben haben die.
Ich lächelte auch.
– Ja, nicht einfach.

* * *

Ich hatte nämlich keine Ahnung, wer wen abgezockt hatte – Genka Paschka oder umgekehrt. Obwohl natürlich jeder den anderen beschuldigte, ihn betrogen zu haben. Sie kamen nacheinander in ihren Jeeps angefahren und sagten:
– Aber du weißt doch, ich würde ihn nie abzocken. Sag schon, das weißt du doch.
Ich sagte dann, ja, das wüsste ich, weil ich schließlich nicht gut »nein« sagen konnte. Weder zu dem einen noch zu dem anderen. Auch wenn ich die Wahrheit nicht kannte. Im Grunde wollte ich sie gar nicht kennen, diese Wahrheit. Wer zum Teufel brauchte sie denn schon? Wenn du mal mit jemandem in einem brennenden Panzer gesessen hast, sieht vieles hinterher ganz anders aus. Sie hatten einfach Glück gehabt. Serjoga hatte sie etwas früher rausgezogen. Zuerst sie, dann diesen merkwürdigen Hauptmann aus dem Divisionsstab, danach den Fahrer, Michalytsch, dann den Fähnrich Demidow und als Letzten schließlich mich.
Vielleicht haben sie sich nachher gegenseitig abgezockt, gerade weil sie Glück gehabt hatten. Keine Ahnung. Geld ist was Fürchterliches. Ich hätte nicht mit ihnen tauschen wollen. Jedenfalls nicht dieses Mal.
Wäre es nur ein bisschen früher gewesen. Als Serjoga in den angeschossenen Panzer kletterte.
Aber Knete ist Knete, und die Knete hat sie auseinandergebracht. Ihr gemeinsames *business* war den Bach runtergegangen, und ich musste noch mehr Wodka kaufen als sonst.
Sie haben nämlich gesoffen wie die Weltmeister. Sie kamen aus ihrem Frjasino und versoffen das, was ich für mich gekauft hatte. Aber jeder einzeln. Sie riefen sogar vorher an, damit sie sich nicht bei mir über den Weg liefen. Und ich

soff mit beiden. Mir war es völlig egal, wer wen abgezockt hatte. Für mich waren sie immer noch Paschka und Genka, mit denen ich in dem brennenden Panzer gesessen hatte. Die wussten, dass ich einmal ein Gesicht gehabt hatte und nicht nur ein verbranntes Stück Fleisch.
Ein halbes Jahr nach der Einberufung und dann noch einen ganzen Monat lang in Tschetschenien.
Auf die Idee mit dem Renovieren hatte Genka mich gebracht.
– Warum hängst du so rum? sagte er. – Zum Teufel, du bist doch Facharbeiter. Du kennst dich aus mit diesem ganzen Bauscheiß, verdammt. Na los, bring meine Wohnung auf Vordermann. Ich schieb dir dafür anständig Kohle rüber. Später finden sich dann vielleicht noch mehr Kunden.
Und es fanden sich Kunden. Sogar in verschiedenen Städten. Sie wunderten sich zwar, wenn ich ihnen am Telefon erklärte, dass ich allein arbeite, doch wenn sie mich dann sahen, wunderten sie sich nicht mehr. Jedenfalls fragten sie nicht mehr, warum die Renovierung so lange dauert. Die, die es eilig hatten, nahmen jemand anderen.
Und die, denen meine Visage nicht gefiel, auch.

* * *

– Schaut euch eure Gesichter an! schrie der Vize in der Zeichenstunde. – Schaut euch bloß mal an. Nicht der kleinste Gedanke in den Augen. Ihr sitzt vor mir wie eine Hammelherde. Ihr seid auch so dumm wie Hammel. Idioten! Und das ist die heranwachsende Generation!
Er stand neben mir und wedelte mit meiner Zeichnung herum. Das Blatt in seiner Hand zitterte über meinem Kopf. Ich sah auf den Tisch und zählte die Tröpfchen. Zuerst

eines, dann noch eines. Ich rückte ein Stück beiseite, um nichts abzukriegen, und er verstummte. Er sah mich an, holte Luft, faltete das Blatt zusammen und sagte:
– Wir gehen zum Direktor. Nimm deine Sachen.
Er hob den Kopf und sah wieder uns alle an.
– Die anderen arbeiten weiter. Und wehe, wenn einer die Klasse verlässt.
– Sehen Sie sich mal an, was Ihre Schüler so treiben, Alexander Stepanowitsch, sagte er, als wir ins Büro des Direktors kamen. – Zukünftige Bauarbeiter.
– Es sind unsere Schüler, Arkadi Andrejewitsch, sagte der Direktor. – Und sie werden vielleicht niemals Bauarbeiter.
Der Vize warf ihm meine Zeichnung auf den Tisch und fixierte mich schweigend. Und ich schaute den Direktor an. Weil ich ihn nämlich bisher noch nie gesehen hatte. Niemand von uns hatte ihn je gesehen. In der Schule war für alles der Vize zuständig, und über den Direktor erzählte man sich wer weiß was.
– Was siehst du mich so an? grinste er. – Findest du mich dick? Du kennst Morgunow nicht. Weißt du, da gab es mal einen Film. Über Morgunow, Wizin und Nikulin.
Der Vize zuckte zusammen und begann:
– Verzeihen Sie, Alexander Stepanowitsch, aber mir scheint ...
– Danke Ihnen für die Meldung, Arkadi Andrejewitsch, unterbrach ihn der Direktor. – Ich komme schon klar. Er soll bei mir im Büro bleiben.
Als der Vize draußen war, legte der Direktor meine Zeichnung zur Seite und sah mich wieder an.
– Na dann wollen wir mal anfangen. Hol dir da drüben einen Stuhl und setz dich näher zu mir. Sonst sehe ich dich

gar nicht … Genau so … Sehr gut … Und jetzt sag mir mal, wie du heißt.
– Konstantin.
– Konstantin? Ein sehr schöner Name. Du musst ein beständiger Mensch sein. Das ist schön. Bist du ein beständiger Mensch, Konstantin? Oder heißt du nur so?
– Weiß ich nicht, sagte ich.
Ich fand es seltsam, dass wir da so saßen, in seinem Büro, und er mir irgendwelche unverständlichen Fragen stellte. Ich hatte nämlich damit gerechnet, dass er anfangen würde zu brüllen.
– Weißt du nicht? Solltest du aber. Über sich selbst, Konstantin, sollte man so viel wie möglich wissen. Was weißt du über dich selbst?
Ich sah ihn an und wusste nicht, was ich antworten sollte.
– Na schön, sagte er. – Du bist noch nicht so weit. Ich frag dich vielleicht später noch mal. Denk nach. Jetzt sag mir erst mal – was weißt du über deine Tasche?
Ich sah ihn an und verstand überhaupt nichts mehr.
– Gib mal her.
Ich reichte ihm die Tasche über den Tisch. Er nahm sie, wog sie in der Hand und lächelte.
– Ganz schön schwer. Was hast du da drin?
Ich sagte:
– Lehrbücher. Und meine Sportsachen. Wir spielen heute Basketball.
– Gut. Und was noch?
– Hefte.
– Was noch?
– Stifte.
– Sehr gut. Was noch?
– Nichts weiter.

Ich überlegte – hatte ich nicht die Zigaretten vergessen? Er stellte die Tasche auf den Tisch und nahm wieder meine Zeichnung zur Hand.
– Hast du noch mehr davon? Da, in deiner Tasche?
Ich starrte ihn an und sagte:
– Zeichnungen, meinen Sie?
– Na sicher, Zeichnungen. Deshalb bist du doch hier. Hast du noch mehr? Zeig sie mir. Oder soll ich in deinen Sportklamotten herumwühlen?
Er blätterte etwa fünf Minuten in meinen Heften. Dann stand er auf, ging zum Fenster, blieb dort eine Weile stehen, kam zurück und betrachtete noch einmal fünf Minuten die Zeichnungen. Danach schob er sie weg und sagte:
– Warum hast du da nur nackte Frauen? Beschäftigt dich das so? Wie alt bist du?
– Sechzehn.
– Aha, dann ist alles klar, sagte er. – Nimm deine Sachen, setz dich da drüben an die Wand und warte. Ich muss noch was fertig machen.

* * *

Das erste Mal klappt es meistens nicht richtig – nicht weil du keine Erfahrung hast, sondern weil du zu lange wartest. Es vergehen nämlich ungefähr drei Jahre ab dem Moment, wo du anfängst daran zu denken. Und es ist nicht etwa so, dass du plötzlich mit ihr allein bist und sie dann ansiehst und denkst: Verdammt, ich habe ja gar keine Erfahrung. Nein, du wartest ganz einfach zu lange. Deshalb klappt es beim ersten Mal meistens nicht richtig. Und sie hat vermutlich die gleichen Probleme. Oder denken Mädchen nicht an so was?

Kurz und gut, irgendwann fängst du an zu zeichnen. Zuerst einen Hals, dann eine Schulter. So kommt das. Du sitzt da, bist sauer auf sie und zeichnest. Dann nimmst du ein neues Heft. Und dann noch eins.
Ich konnte Mama einfach nicht erklären, wo ich mich nach dem Unterricht herumgetrieben hatte. Ich konnte ihr doch nicht von diesen Zeichnungen erzählen oder davon, dass der Direktor mich deswegen fast drei Stunden in seinem Büro behielt und nachher trotzdem nicht gehen ließ, sondern mich mit zu sich nach Hause nahm. Und dass er unterwegs Geld an Obdachlose verteilte und direkt vor seinem Haus noch mal was gab – da wartete schon eine ganze Horde auf ihn. Na ja, vielleicht keine Horde, aber drei waren es bestimmt. Und als wir zu ihm in den zweiten Stock stiegen, hockte da eine alte Frau auf der Treppe, und der Direktor sagte: – Ja klar, komm nur rein, ich warte schon lange auf dich, in der Küche hat sich allerhand angesammelt. Sie klapperte eine ganze Zeit in der Küche und ging dann wieder. Sie hatte einen gewaltigen Rucksack auf dem Rücken, und der Direktor fragte: – Ist der nicht zu schwer? Wie willst du das alleine schaffen? Geht das? Die Alte sagte: – Das geht. Dann holte er ein Buch, zeigte es mir und fragte: – Hast du deine Zeichnungen hier abgemalt? Ich sagte: – Nein. Denn ich hatte sie nicht abgemalt. Ich hatte sie einfach aus dem Kopf gezeichnet. Wenn ich schlecht drauf war. Er sagte: – Bestimmt nicht? Ich sagte: – Nein. Dann gab er mir das Buch und sagte: – Sieh dir das zu Hause mal an. Morgen kommst du am Vormittag zu mir, so gegen elf. Ich sagte, ich hätte am Vormittag eine Prüfung und der Vize würde mich umbringen. Der Direktor sagte: – Wird er nicht. Geh nach Hause und sieh dir das Buch an.

Ich kam natürlich zu spät, und meine Mutter fing an zu schimpfen. Und ich sah sie an und konnte ihr nichts erklären. Weil ich dieses Buch in der Tasche hatte. Ich konnte ihr doch nicht dieses Buch zeigen. Darin waren Zeichnungen, die ihr überhaupt nicht gefallen würden.
Eduard Michailowitsch aber gefielen sie. Oder auch nicht. Ich weiß es nicht. Jedenfalls interessierte er sich dafür. Kaum war er reingekommen, schnappte er sich das Buch von meinem Tisch und fing an zu blättern. Sein Gesicht wurde irgendwie merkwürdig. Er sagt: – Warum setzt du deiner Mutter so zu? Er macht einen auf fürsorglichen Stiefvater. Er blättert in dem Buch und sagt: – Als sie auf dich gewartet hat, ist sie fast verrückt geworden. Sie wollte schon bei der Miliz anrufen. Was ist denn das für ein Buch? Ich sage: – Sie halten es doch in den Händen. Sehen Sie sich den Umschlag an. Da steht alles. Er sagt: – Goya, Capriccios. Was ist das, ein Künstler? Ich sage: – Weiß ich nicht. Das Buch hat mir der Direktor gegeben. Und er sagt: – Tolle Visagen. Also hör auf damit, deine Mutter in Angst und Schrecken zu versetzen.
Ich sehe ihn an und denke, du solltest besser deine eigene Visage angucken. Wenn du nicht wärst, hätte ich diese Tussis vielleicht anders gezeichnet. Nicht solche Vogelscheuchen.
Sie gerieten bei mir nämlich tatsächlich immer ziemlich scheußlich. Aber es gefiel mir, sie zu zeichnen. Man sitzt eine Weile da, zeichnet ein bisschen – und irgendwie wird einem leichter.

* * *

Eduard Michailowitsch ging mir damals schon gewaltig auf die Nerven. Nur seinetwegen habe ich später sogar darauf verzichtet, mich vor der Armee zu drücken. Obwohl das viele machten. Aber er ging mir zu der Zeit richtig auf die Nerven.
Er kam immer zu mir ins Zimmer, setzte sich hin und fing an zu quatschen. Er redete ununterbrochen – was für ein Idiot mein Vater gewesen sei, als sie beide Offiziersschüler in derselben Kompanie waren. Wie bescheuert von meiner Mutter, dass sie ihn geheiratet hat. Denn mein Vater ist dauernd abgehauen, und sogar als sie schwanger war, hat er sich direkt vor ihrem Fenster mit anderen Mädchen geküsst. Als sie mich zur Welt brachte, war er auch die ganze Zeit abgetaucht. Und wie sie eines Tages bei ihm in der Kompanie aufgekreuzt ist und gesagt hat, sie habe nichts zu essen für mich. Damals war ich zwei Jahre alt. Und mein Vater war wer weiß wo. Und wie sie alle gesammelt und den armen, hungrigen Jungen gefüttert haben. Und wie sie meinem Vater eine Decke über den Kopf gezogen und ihn verprügelt haben. Beziehungsweise – das hätten sie gerne, aber mein Vater war damals schon Kompaniechef und sagte: – Na los doch. Da ließen sie es sein. Und überhaupt – wie durch und durch schlecht er war.
Aber Eduard Michailowitsch war gut. Weil er meine Mutter in der Not nicht verlassen hatte. Und als sie alleine war, stand er sofort da, bereit zu helfen. Obwohl sie schon so einen Nichtsnutz wie mich hatte.
Außerdem war Eduard Michailowitsch sehr schlau. Weil er als Erster kapiert hatte, wohin diese ganze Perestroika führen würde und was für einer Gorbatschow war und wozu die ganze Privatisierung gut war. Deshalb hatte er die Armee gerade rechtzeitig verlassen. Und die, die

dablieben, waren komplette Deppen. Und der amerikanische Präsident war ein Idiot.

Eduard Michailowitsch zuzuhören war das reinste Vergnügen. Aber ich saß da und schwieg. Obwohl ich eigentlich hätte lernen sollen. Weil meine Mutter mich gebeten hatte, ihr zu helfen. Also half ich ihr. Ich saß da und sah zu, wie er auf meinem Tisch rumwühlte. Keine Ahnung, was er da suchte. Das hatte man ihnen wohl in der Armee so beigebracht.

Außerdem schrieb er Leserbriefe. An alle Zeitungen, die er kriegen konnte. Und ans Fernsehen. Und wir mussten ihm zuhören. Einmal wollten wir in den Wald gehen, Pilze suchen, als er irgendwas in der Glotze sah und sofort anfing zu schreiben. Wir schlichen um ihn herum und zogen uns an. Es gab nämlich bis zum Mittag nur einen Bus. Danach erst wieder einen um viertel vor vier. Doch er fing an zu brüllen, und meine Mutter sagte: – Na komm, Kostja, hören wir ihm zu. So saßen wir in Stiefeln und Jacke vor ihm.

Er sagte: – Verstehst du, Swetlana, was das für Dummköpfe sind? Verstehst du das?

* * *

Sieben Tage, nachdem ich den Spiegel zu Olga hinübergetragen hatte, war der Kühlschrank leer. Oder acht. So was lässt sich schwer feststellen.

Ich raffte mich auf und stellte alles hinein, was am Boden und am Fenster stand. Ich mag es nicht, wenn er warm ist.

So viel Wodka auf einmal hatte ich zum ersten Mal beim Direktor Alexander Stepanowitsch gesehen. Er kaufte

grundsätzlich keine Flaschen. Er verhandelte mit irgendwelchen Typen, und die brachten ihm eine ganze Kiste. Damit er nicht hin und her laufen musste.
– Mich quält der Durst, sagte er immer. – Ein unendlicher Durst, Konstantin. Mein Organismus braucht Flüssigkeit. Oder sonst etwas. Weißt du, ich bin an einem Ort aufgewachsen, wo es überhaupt kein Wasser gibt. Keinen Fluss, keinen See. Nicht mal an eine normale Pfütze kann ich mich erinnern. Und es hat fast nie geregnet. Deshalb habe ich immer Durst, bis heute. Die ganze Zeit spüre ich diese Trockenheit. Gib mir mal das Glas da drüben.
Er stellte mir leere Flaschen hin, Geschirr, Schuhe, und ich zeichnete. Und er trank seinen Wodka.
Ich ging gerne zu ihm. In der Schule vergaßen sie mich, und der Vize schrieb meine Fehlstunden gar nicht mehr auf. Ein paar Mal kamen meine Mitschüler vorbei und fragten, wie es mir ging. Aber ich sagte immer, alles bestens, der Direktor sitzt mit mir an meiner Abschlussarbeit.
Es gefiel mir, dass er seinen Wodka ganz anders trank als andere Männer. Mein Vater stand immer eine ganze Zeit herum, das Wodkaglas in der einen und ein Glas Wasser in der anderen Hand. Er bereitete sich vor, nahm all seinen Mut zusammen. Dann stülpte er die Lippen vor, zu einem Trichter, und saugte den Wodka mit halb geschlossenen Augen langsam ein. Eduard Michailowitsch zuckte immer, als hätte man ihm einen Frosch in den Kragen gesteckt.
Der Direktor trank nie aus einem Schnapsglas. Er goss sich den Wodka in ein dickes Glas und trank daraus, als würde er tatsächlich Wasser trinken. Als hätte er einfach Durst. Wie jemand mit einer trockenen Kehle. Er trank ein Glas nach dem anderen, ohne zwischendurch Luft zu

holen, betrachtete meine Zeichnungen und wurde nicht betrunken. Er saß mir im Sessel gegenüber und sagte, ich solle mir das bloß nicht zu Kopf steigen lassen.
Das hatte ich auch gar nicht vor. Für mich war das Ganze sowieso nur eine Ausrede. Du gehst aus dem Haus, und alle denken, du bist beim Unterricht. Vielleicht denken sie das auch nicht. Keine Ahnung. Meine Mutter scherte sich nämlich damals ganz offensichtlich einen Dreck um mich. Sie scharwenzelte um ihren Eduard Michailowitsch herum. Und ich war sauer auf meinen Vater, weil er mir das eingebrockt hatte. Es hätte doch möglich sein müssen, diesem Onkel Edik damals in der Kompanie eine solche Abreibung zu verpassen, dass er sich meine Mutter aus dem Kopf schlägt? Bestimmt gab es da auch ganz normale Offiziersschüler.
Kurz, ich dachte mir nichts Besonderes bei meinen Zeichnungen. Was war denn schon dabei? Eine Zeichnung ist eine Zeichnung, selbst in Afrika. Meistens hing ich sowieso mit den anderen Jungs im Hof rum.
Wir liefen den Mädchen hinterher, spielten Gitarre, tranken ab und zu Portwein. Dann gingen wir zuschauen, wie die Musterungsstelle abgerissen wurde.
Da stehst du auf den Ruinen, rauchst und denkst: Hier habe ich nackt vor der Einberufungskommission gesessen, der Hintern klebte so blöd an der Liege. Aus und vorbei, das Böse existiert nicht mehr. Eine Superstimmung. Als hätten sie Koschtschej Bessmertnyj eingemacht. Doch dann stellt sich raus, dass alles vergebens war. Im Häuserblock daneben wurde eine neue Musterungsstelle gebaut. Und diesmal nicht aus Holz. Wie im Märchen – du legst Koschtschej um, aber er wird bloß noch stärker. Du schaffst es einfach nicht, ihn einzumachen.

So redete Genka im Krieg. Ich habe dieses Wort von ihm gelernt.
– Jetzt werden die Schwarzärsche eingemacht, Jungs. Was guckt ihr so missmutig? Geht euch der Arsch auf Grundeis?
Er klettert in den Panzer und lacht. Klopft sich mit dem MP-Magazin auf den Helm.
– Macht euch nicht in die Hose. Es geht alles klar. He, lass mich da sitzen. Na los, beweg deinen Arsch.
Und er setzte sich auf meinen Platz.
Aber mir war es egal. Keiner konnte schließlich wissen, dass die Granate ausgerechnet da einschlagen würde, wo er mich hinschob.

* * *

Aber dann wurde Alexander Stepanowitsch plötzlich wütend.
– Du bist nicht aufmerksam, sagte er. – Dass du zeichnen kannst, hat noch nichts zu bedeuten. Ein Künstler muss sehen können. Guck aus dem Fenster. Sag schon, was siehst du da?
– Ich bin kein Künstler, sagte ich.
Da nahm er den Schuh, den ich gerade zeichnete, vom Tisch und warf ihn in meine Richtung.
– Noch mal: Geh zum Fenster!
Also tat ich das. Weil ich keine Lust hatte, bei unserem Vize im Unterricht zu sitzen. Besser einem Schuh ausweichen, als so tun, als würde man nicht merken, dass jemand seine Spucke nach allen Seiten versprüht. Er hätte sich neue Zähne einsetzen lassen sollen. Oder sich die Kugel geben.

– Was siehst du da?
– Nichts. Bäume und Vögel. Kinder auf der Schaukel.
– Was machen sie?
– Schaukeln, was sonst?
– Was sind das für Kinder?
Ich gab mir Mühe, sie genauer zu betrachten.
– Ganz normale. Wie Kinder eben so sind. Gewöhnliche Knirpse halt.
– Du bist selbst ein gewöhnlicher Knirps. Geh in die Küche. Hol mir noch eine.
Ich ging zum Kühlschrank, und er trank unterdessen sein Glas leer.
– Gut gemacht. Stell sie hierher. Mein Gott, warum bin ich bloß so fett? Reich sie mir rüber. Siehst du nicht, dass ich nicht drankomme? Setz dich neben mich. Du brauchst nicht mehr zu zeichnen.
Ich setzte mich. Er öffnete die Wodkaflasche mit den Zähnen, goss sich ein neues Glas ein, betrachtete es lächelnd, trank es langsam aus und lehnte sich dann mit einem Seufzer in seinem Sessel zurück.
– Kaum zu fassen, wie durstig ich bin. Mein Hals ist ganz ausgetrocknet. Was hast du eben gesagt, wegen dieser Kinder?
– Ich hab gesagt, das sind ganz gewöhnliche Knirpse.
Er grinste und blickte mich geringschätzig an.
– Es gibt keine ganz gewöhnlichen Knirpse, Konstantin. Das sind Idioten, die sich so was ausdenken. Verstehst du?
– Nein, sagte ich.
– Irgendwann wirst du es verstehen. Jetzt hör mir einfach zu. Tagtäglich gehst du an diesen Kindern vorbei, und du hast keinen blassen Schimmer, wie sie sind. Kannst du zum

Beispiel erklären, wie sie sich bemerkbar machen, wenn sie etwas sagen wollen? Nein? Sie drehen sich gegenseitig den Kopf mit den Händen herum. Sie packen den anderen am Gesicht und drehen es mit ihren kleinen Händen zu sich her.
Er betrachtete seine dicken Hände, hielt sie seufzend in die Luft und zeigte, wie die Kinder ein fremdes Gesicht zu sich herdrehen.
– Oder wenn sie sich gegenseitig mit bunten Filzstiften bemalen. Von hier aus sieht man nicht, was sie malen, aber man sieht, dass es ihnen Spaß macht. Weil es kitzelt und sie sich gegenseitig zeigen, was sie gemalt haben. Hast du mal gesehen, wie ein Lichtstrahl durch eine angelehnte Tür in ein dunkles Zimmer fällt? Zuerst ist er schmal, dann wird er immer breiter. Genauso ist der Mensch. Zuerst ist er allein, dann hat er zwei Kinder, dann vier Enkel. Verstehst du? Der Mensch wird immer breiter, wie ein Lichtstrahl. Bis zur Unendlichkeit. Verstehst du?
Er sah mich an und wartete, bis ich nickte.
– Sehr schön. Und jetzt sag, was hast du gemacht, als du klein warst?
– Weiß ich nicht mehr.
– Dann streng dich an.
– Das Gleiche wie alle anderen.
– Gespielt, spazieren gegangen, auf dem Töpfchen gesessen?
– So ungefähr.
– Das ist zu wenig. Ein Künstler muss mehr wissen.
– Ich bin kein Künstler.
– Gib mir mal den Schuh. Ich kann nicht gut aufstehen.
– Ach verdammt, immer wenn was ist, heißt es gleich, gib mir mal den Schuh.

– Stell dich nicht so an. Ich rede mit dir. Denk nach, na los, denk nach.
– Na, ich weiß nicht mehr ... Die Mädchen im Kindergarten beim Pinkeln beobachtet.
– Schon besser. Was noch?
– Auf meine Mutter gewartet. Sie war immer die Letzte, wenn sie mich abholen kam.
– Nicht schlecht.
– In der Gruppe war ich immer für mich allein und hab aus dem Fenster geguckt. Und die Erzieherin hat immer gesagt, ich würde ihr auf die Nerven gehen mit meiner Mutter.
– Wie war sie?
– Groß ... Ich weiß nicht mehr ... Sie trug immer so einen dicken, karierten Rock. Einmal bin ich in das hintere Zimmer gegangen, und da stand sie im Nachthemd. Meine Mutter hatte genau so eins. Sie hat sich vorgebeugt und mir eine geknallt. Dabei bin ich nur zufällig reingekommen. Mein Ball war da reingerollt. Ich hatte niemanden zum Spielen.
– Konntest du sie nicht leiden?
– Keine Ahnung. Vermutlich nicht. Meine Mutter hat gesagt, ihr Mann wäre in Afghanistan gefallen. Er war Offizier.

* * *

Wenn die Neuen gebracht wurden, fragte Genka sie immer aus, wer sie wären und woher sie kämen. Er sagte, die Moskauer müssten zusammenhalten. Die Provinzler könnten für sich allein krepieren. Dabei kam er selbst aus Frjasino. Paschka war auch von da. Genka sagte, sie hät-

ten Glück gehabt. Sie waren bei derselben Musterungsstelle, dann zusammen in der Rekrutenausbildung, und hier waren sie in derselben Einheit gelandet. Das ist nicht immer so. Und ich war aus Podolsk. Deshalb sagte Genka sofort, als Serjoga auftauchte: – Keine Angst. Wir sind hier schon zu dritt. Wir passen auf dich auf! Serjoga war nämlich wirklich aus Moskau. Er hatte sein Leben lang auf der 3. Straße des 8. März gewohnt. Zehn Minuten mit dem Bus zur Metro. Natürlich war er Fan von *Dynamo*.
– Bleib mir bloß vom Hals mit deinen Bullen, sagte Genka. – Die können doch sowieso nicht spielen. Sag schon, Paschka. Die können doch sowieso nicht spielen, oder?
Aber Paschka schwieg. Weil er überhaupt selten etwas sagte. Er folgte Genka auf Schritt und Tritt, redete aber praktisch nie. Er zuckte die Achseln und rückte seine Maschinenpistole zurecht.
– Also folgendes, Krieger, sagte Genka zu Serjoga. – Halt dich in unserer Nähe. Sonst reißen sie dir den Arsch ab, wär doch schade drum.
Aber wir haben nicht lange zu viert gekämpft. Als wir an dem Morgen in den Panzer stiegen, machte Genka sich über Serjoga lustig:
– Nichts da, Krieger. Wir mussten damals alle die Bodenfreiheit überprüfen. Was hast du denn gedacht? Im Krieg kämpfen – und nicht wissen, was Bodenfreiheit ist? Paschkas Vater hat bei der Flotte gedient. Die mussten in der ersten Zeit den Anker abschmirgeln. Damit er besseren Halt im Boden hat. Kannst du dir das vorstellen? Mit einer Feile. Sag's ihm, Paschka.
Serjoga kletterte als Letzter in den Panzer und schloss die Luke: – Schade, dass sie mich nicht zur Flotte geschickt haben. Ich hätte denen hundert Anker abgeschmirgelt.

– Mach dir nicht in die Hose, Krieger, sagte Genka. – Deinem Schicksal entkommst du nicht. Vor einem halben Jahr haben sie hier die komplette Maikop-Brigade plattgemacht. Die hatten sich bestimmt gefreut, als sie einberufen wurden. Nach dem Motto, sie könnten hier mal so richtig abhängen. Die Luke hast du übrigens vergeblich zugemacht, Krieger.
– Wieso?
– Weil ich mit dir unterwegs bin. Wenn du alleine wärst, würde dir keiner ein Wort sagen, verdammt.
– Versteh ich nicht.
– Das wirst du schon verstehen, wenn eine Granate einschlägt. Die brennt sich durch die Panzerung und explodiert da drin. Und reißt uns alle in Stücke, weil nämlich der Druck im geschlossenen Raum ein ganz anderer ist. Schon mal was von Physik gehört, Krieger? Oder hast du dir in der Schule bloß immer einen runtergeholt auf dem Klo? Kostja, lass mich da sitzen. Los, los, beweg deinen Arsch. Und du mach die Luke auf, Krieger. Was glotzt du mich so an?

* * *

Ehrlich gesagt, ich weiß nicht, warum ich ihn betrunken gezeichnet habe. Vielleicht, weil es zu der Zeit nichts anderes mehr zu zeichnen gab. Alles, was Alexander Stepanowitsch besaß, hatte ich schon abgezeichnet. Alle seine Schuhe, das Geschirr, die Flaschen, die Bücher und die idiotischen Statuetten. Alles, was er mir hingestellt hatte. Es gab nichts mehr zu zeichnen. Außerdem war es öde, da herumzusitzen. Er war nämlich total weggetreten, und ich hockte vor ihm und wusste nicht, wie ich wegkommen sollte, weil niemand da war, der die Tür hinter mir hätte zumachen können.

Deshalb fiel ich fast vom Hocker, als ich eines Tages nach Hause kam, und da war dieser Kerl in meinem Zimmer. Eduard Michailowitsch sagt, das sei der Sohn von Alexander Stepanowitsch, und sieht mich dabei so eigenartig an, als wäre ich es gewesen, der ihn eingeladen hat. Ich gehe in mein Zimmer und sehe, er hält ausgerechnet diese Zeichnung in der Hand – ich war nämlich so blöd gewesen, sie auf dem Tisch liegen zu lassen. Eigentlich hätte Eduard Michailowitsch sie finden und in die Luft gehen sollen. Es machte mir Spaß, ihn in Rage zu bringen. Aber jetzt stand ich vor diesem Kerl und wusste nicht, was ich machen sollte. Denn wer hat es schon gern, wenn der eigene Vater in so einem Zustand gezeichnet wird? Komplett weggetreten und überhaupt, liegt in der eigenen Wohnung und ist total am Arsch.

Aber er sagte nur, er heiße Boris Alexandrowitsch und sei gekommen, um mit mir zu reden. Wir setzten uns an meinen Tisch und unterhielten uns. Die Zeichnung legte er nicht aus der Hand. Er erkundigte sich nach Alexander Stepanowitsch. Der Vize habe ihm meine Adresse gegeben, sagte er, weil er mit mir persönlich reden wollte. Wegen seinem Vater, und überhaupt wegen allem anderen. Ich sagte ihm, es sei eigentlich alles in Ordnung, aber gesundreden – nach dem Motto: Alexander Stepanowitsch trinkt überhaupt nicht – konnte ich ihn nicht. Er hielt ja meine Zeichnung in der Hand. Doch anfangs warf er kaum einen Blick darauf. Er fragte, ob er viel trinken würde pro Tag und wie oft. Und ich sagte, immer. So zwei, drei, manchmal vielleicht auch mehr. Je nach Laune. Das bekümmerte ihn. Aber ich sagte, er solle sich keine Gedanken machen, Alexander Stepanowitsch sei ein prima Kerl. Er würde mir lauter interessante Dinge erzählen. Aber das bekümmerte ihn nur noch mehr, warum auch immer. Er sagte, er wolle ihn mit zu sich nehmen, nach Hause, in den Kreis Krasnodar, denn da sei es schön und das Meer nicht weit. Doch Alexander Stepanowitsch hätte nicht vor wegzugehen. Er hätte gesagt, er solle alleine in seine Kosakensiedlung zurückfahren. Und überhaupt sei er immer ein bisschen seltsam gewesen. Er hätte längst in einem Ministerium in Moskau arbeiten können, stattdessen würde er dasitzen und Wodka trinken. Vor vielen Jahren hätte ein großer Künstler aus ihm werden können, nicht schlechter als Glasunow, er hätte längst mit der ganzen Familie im Ausland leben können, doch er habe die Malerei aufgegeben, und die Architektur habe er auch aufgegeben, obwohl in Moskau im Stadtzentrum ein Haus von ihm steht, und sein Freund sei nur deshalb Minister geworden, weil Alexander Stepanowitsch für ihn irgendwelche Projekte gemacht und nicht mal was dafür verlangt habe, weil er sagte, er brauche nichts und er habe schon alles. Kurz und gut, ich saß also in meinem eigenen Zimmer und hörte ihm zu und hatte keine Ahnung, warum er mir das alles erzählte, und er redete und redete und blickte die ganze Zeit auf meine Zeichnung. Endlich verstummte er, und ich hörte, wie Eduard Michailowitsch meiner Mutter einen neuen Leserbrief an *Argumenty i fakty* vorlas. Boris Alexandrowitsch hörte das offenbar nicht. Er war ganz in Gedanken versunken und saß einfach stumm da. Dann sah er wieder auf die Zeichnung und sagte:

– Deinetwegen will er nicht weg. So einen Schüler hatte er noch nie.

* * *

Am nächsten Tag wollte Alexander Stepanowitsch sofort die Zeichnung haben. Ich sagte, ich hätte sie verloren, doch er schrie, er würde mich wieder zum Unterricht schicken. Daraufhin zeigte ich sie ihm, und er saß lange Zeit da und rührte sich nicht. Dann seufzte er und sagte:
– Immerhin hat Borka nicht gelogen. Ich dachte, er wollte mir Honig ums Maul schmieren.
Danach hob er den Blick:
– Du kannst also doch sehen. Und mir spielst du den Holzkopf vor.
– Das stimmt nicht.
– Halt die Klappe. Sag lieber, wann du das letzte Mal in der Schule warst?
– Ich?
– Stell dich nicht so dumm.
– Vor zwei Tagen.
– Wozu?
– Ich musste einem Typen Geld zurückgeben.
– Und wie war es?
– Wie immer.
– Hast du Arkadij Andrejewitsch gesehen?
– Wen?
– Den Vize. Was ist los, willst du mich heute mit Absicht in Rage bringen?
– Nein, ich hab wirklich vergessen, wie er heißt. Wir nennen ihn »das Kamel«.
– Spuckt er?
Alexander Stepanowitsch grinste, und sein Körper begann zu schwanken wie ein riesiger Luftballon.
– Und wie.

– Verstehe. Der wird am Ende noch weit spucken. Hast du ihn nun gesehen oder nicht?
– Ja.
– Und was hat er gesagt?
– Nichts. Er hat sich nach Ihnen erkundigt.
– Was hast du ihm gesagt?
– Dass Sie krank sind.
– Dass ich krank bin? Schön blöd. Du hättest ihm die Wahrheit sagen sollen. Jetzt wird er dir die Suppe versalzen. Besonders wenn er Direktor wird.
Ich habe nie mehr vergessen, wie unser Vize hieß. Denn Alexander Stepanowitsch sollte recht behalten. Arkadij Andrejewitsch wurde tatsächlich Direktor. Keine Ahnung – vielleicht war der Ministerfreund versetzt worden, oder Alexander Stepanowitsch hatte von sich aus beschlossen, der heimische Wein würde seinen Durst besser stillen. Als ich klein war, hat mein Vater immer von einem guten südlichen Wein namens *Massandra* erzählt. Ich weiß nicht warum, aber den Namen habe ich mir gemerkt. Es hörte sich an, als wäre der Wein leckerer als Eis. Vielleicht war der Direktor zu seinem Sohn gezogen, um genau diesen Wein trinken zu können. Keine Ahnung. Mir hatte er gesagt, ich solle das Zeichnen nicht aufgeben. Sonst würde er kommen und mir persönlich den Kopf abreißen. Beziehungsweise die Rübe.
– Hast du mich verstanden? Wehe, du gibst es auf! Dann reiße ich dir nicht nur die Rübe ab.
Aber er kam nicht. Ich hörte fast sofort auf zu zeichnen, in der Hoffnung, dass er die Wahrheit gesagt hatte. Ein paar Monate wartete ich auf ihn. Aber es war wohl nur leeres Gerede. Wahrscheinlich wusste er nicht mal mehr meinen Namen.

Arkadij Andrejewitsch nahm sich unverzüglich meiner Erziehung an. Deshalb war ich der Erste, der zur Musterungsstelle ging, sobald die Einberufung kam. Es konnte ja niemand wissen, wie das alles enden würde. Zumal Eduard Michailowitsch mir damals schon gewaltig auf die Nerven ging.

* * *

– Hör mal, Kostja! schrie Genka mir ins Ohr, als der Panzer sich in Bewegung setzte. – Sollen wir nach der Armee zu deinem Stiefvater gehen und ihm die Eier abreißen? Was, Paschka? Reißen wir dem Scheißkerl die Eier ab?
Ich schüttelte den Kopf, weil ich gegen den Krach des Motors nicht anbrüllen wollte. Außerdem war dieser merkwürdige Hauptmann aus dem Divisionsstab dabei. Und der Fähnrich Demidow. Der hatte sich vorher überhaupt noch nie zu uns in den Panzer gesetzt.
Genka sah auch zu ihnen hinüber, dann beugte er sich zu mir und brüllte mir wieder ins Ohr:
– Diese Arschgeigen sind vom Geheimdienst. Sie fahren zu den Tschetschenen, die Knete aufteilen – wer wie viel kriegt, wenn wir Staropromyslowski nicht bombardieren. Da sind nämlich ihre Scheiß-Ölpumpen.
Ich blickte zum Oberst hinüber, aber der konnte Genka wohl nicht hören – er saß zu weit weg. Fähnrich Demidow hatte einen tschetschenischen Walkman auf. Zwei Tage vorher hatten die Jungs einen Sniper gefasst und ihn aus dem vierten Stock geworfen. Seinen Walkman hatten sie Demidow gegeben. Mit dem musste man sich gut stellen. Er war nämlich schon vor der Armee ein Schieber gewesen.

– Na, was ist, Krieger! schrie Genka Serjoga zu. – Wie lange willst du noch mit der Luke rummachen?
– Sie lässt sich nicht öffnen.
Serjoga zerrte mit aller Kraft am Hebel.
– Geh mal weg, verdammt! Pass auf. So muss man das machen. Kapiert?
Genja öffnete die Luke und lachte Serjoga wieder aus.
– Bei dir geht aber auch alles in die Hose! Pass nur auf, dass sie dir nicht dein bestes Stück wegschießen. Was willst du dann zu Hause machen? Die Weiber mit dem MP-Kolben bumsen? He, nicht dahin setzen. Komm her. Streck den Kopf aus der Luke.
Serjoga starrte ihn an wie eine Erscheinung.
– Was glotzt du so? Los, rausklettern, hab ich gesagt.
– Aber da sind doch Sniper.
– Na und? Willst du vielleicht hier sitzen bleiben? Raus, hab ich gesagt, aber schnell! Wir fahren jetzt an Ruinen entlang. Da drin hocken die Tschechos mit ihren Hummeln. Wenn eine Granate einschlägt, wird mindestens einer lebendig aus dem Panzer geschleudert. Dann kommst du zurück und ziehst uns raus. Kapiert? Zuerst die, die sich noch bewegen. Hast du gehört? Na los, auf die Panzerung.
Serjoga lehnte sich halb aus der Luke und erstarrte angespannt in dieser Position. Genka stürzte an den Sehschlitz.
– Wir nähern uns den Ruinen! schrie er in das Funkgerät.
– Könnt ihr uns hören? Seid ihr eingepennt, verdammt? Wir kommen näher. Gebt uns Deckung, wenn was ist. Noch zweihundert Meter ... Hundertfünfzig ... Hundert ... Sieht so aus, als wäre alles in Ordnung ... Hier scheint keiner zu sein ... Noch fünfzig Meter ... Wir sind fast vor-

bei … Hier ist alles ruhig … Was? Nein, alles okay, sage ich … Es ist ruhig hier, ruhig …

* * *

Der Knall war so laut, dass ich aufsprang. Ich sprang auf und fiel sofort wieder hin. Von dem Aufprall dröhnte es in meinem Kopf wie in einer Glocke. Vor meinen Augen lag eine leere Flasche. Daneben noch eine. Ich berührte sie mit der Hand, und sie schlugen gegeneinander. Es tat gut, da zu liegen. Der Boden war kühl. Ich presste die Wange gegen das Linoleum und schloss die Augen. Bloß nicht bewegen.

In dem Moment hämmerte es wieder an die Tür. Als würde jemand mit den Füßen treten. Direkt gegen meinen Schädel.

Ich setzte mich auf, öffnete die Augen und erhob mich sehr langsam. Hauptsache, keine heftigen Bewegungen. Damit ich nicht kotzen muss. Es wäre nämlich sehr schwierig sauberzumachen. Ich könnte mich unmöglich mehrmals hintereinander bücken.

Wieder donnerte jemand an die Tür. Wozu die Hektik? Ich bin doch kein Schnellzug.

Sollen sie verrecken, die, die nachts zu dir kommen und gegen deine Tür treten. Wie viel Uhr ist es überhaupt? Und welches Datum haben wir?

Sollen ihnen die Füße abfallen.

– Hallo, sagte Genka, als ich die Tür öffnete. – Tolle Visage, Scharapow.

Ich wollte mich im Spiegel betrachten, aber dann fiel mir ein, dass ich ihn zu Olga gebracht hatte, vor zehn Tagen. Oder vor zwölf.

– Was ist das denn hier für ein Saustall, sagte er, als er durchs Zimmer ging. – Patient mehr tot als lebendig. Und ich denk noch, wieso machst du die Tür nicht auf.
– Setz dich da drüben hin.
– Nichts da, Alter. Ich stehe lieber. Die Jeans hier hat mir meine Frau eben erst neu gekauft.
– Hau ab, sagte ich und ließ mich wieder auf den Boden sinken.
– Was denn, hast du den Kanal so voll?
– Verpiss dich, sagte ich. Siehst du nicht – mir ist schlecht.
– Das sehe ich. Seit wann hängst du wieder an der Flasche?
– Keine Ahnung. Zwei Wochen vielleicht. Was haben wir heute für ein Datum? Und überhaupt – wieso kommst mitten in der Nacht hier an? Es ist doch Nacht?
– Du bist gut, Alter. Es ist neun Uhr abends. Ich ruf dich übrigens schon seit zwei Tagen an. Was ist mit deinem Telefon?
Er bückte sich zur Telefondose und hob die herausgerissene Schnur auf.
– Alles klar. Kein Bock auf Außenwelt?
– Verpiss dich.
– Ich hab gestern bei deiner Nachbarin angerufen, Swetlana …
– Olga.
– Ist doch egal. Sie sagt jedenfalls, du bist total versackt. Sie hätte schon öfter bei dir geklopft. Nützt alles nichts, sagt sie.
– Hab ich nicht gehört.
– Logisch. Ich hab mir ja selbst fast die Finger kaputtgeschlagen. Na los, steh auf. Wir bringen jetzt Ordnung in die

Bude. Ich übernachte hier, und morgen holen wir Paschka ab und fahren nach Moskau. Sein Auto ist Schrott, und mit mir alleine fährt er nicht im Jeep. Wegen dieser dummen Geschichte, du weißt schon.
Ich hob mit Mühe den Kopf.
– Was sollen wir in Moskau? Wollt ihr euch versöhnen?
Er starrte mich an und schwieg eine Zeitlang.
– Na du bist gut! Du weißt also noch gar nichts? Hat Paschka dich nicht angerufen? Wann hast du das Telefon rausgerissen? Hat er dich etwa nicht angerufen?
Ich richtete mich leicht auf und setzte mich vor ihm auf den Boden. Im Kopf ein Glockengeläut wie zu Ostern.
– Es hat jemand angerufen, aber ich hab nichts gesagt. Mein Kopf hat so weh getan.
– Du bist gut. Serjoga ist verschwunden, und du hast keinen Schimmer. Morgen fahren wir ihn suchen. Ist noch Wodka übrig?

* * *

Serjoga war nicht zum ersten Mal verschwunden. Nach der Armee ist bei ihm überhaupt so einiges schiefgelaufen. Anders als bei Paschka oder bei mir. Und erst recht bei Genka. Zu Anfang hatten wir versucht, ihm zu helfen. Ihm eine Arbeit besorgt. Dann eine andere. Dann sagte Genka, es sei ihm peinlich, den Leuten über den Weg zu laufen. Sie hätten ihm vertraut, sagte er, und er hätte ihnen Serjoga angedreht. Dabei hätten sie ihm eine Menge Kohle angeboten.
Seitdem haben wir Serjoga einfach Geld gegeben. Mal ich, mal Paschka. Genka auch. Aber das war alles für die Katz. Ob hundert Rubel oder zweihundert *bucks* – bei Serjoga

verflüchtigte sich die Kohle im Handumdrehen. Bei ihm ist so einiges schiefgelaufen.

Anfangs umgab er sich mit scheinbar ganz normalen Typen. Ein bisschen rumhängen und saufen – was ist schon dabei? Aber dann kamen die Penner. Er hatte nämlich eine Wohnung. Und lebte allein. Seine Tante hatte erst versucht, ihn abzuwimmeln, sich dann aber ein Haus in der Gegend von Kaluga gekauft und erklärt, auf ihre alten Tage hätte sie so einen Zirkus nicht mehr nötig. Mit der Arbeit klappte es hinten und vorne nicht. Mal war dies, mal das. Der Chef war ein Arschloch, oder die Arbeit war Scheiße. Immer passte ihm irgendwas nicht. Das letzte Mal hatten Paschka und ich ihn aus einem Loch in Domodedowo geholt. Er hauste da in einem Raum mit Grabplatten.

Es war also eigentlich nichts Neues. Aber Genka sagte, Serjogas Tante sei völlig fertig. Sie habe schon mindestens dreimal angerufen und würde die ganze Zeit weinen. Irgendwelche Bekannten von ihr waren in Moskau gewesen, und die behaupteten, in Serjogas Wohnung würden fremde Leute wohnen. Über Serjoga kein Wort, nicht mal die Tür aufmachen würden sie.

– Kurz und gut, sie behauptet steif und fest, Serjoga wäre umgebracht worden. Die ist völlig durchgeknallt auf ihre alten Tage. Solche Schachteln bilden sich immer alles Mögliche ein. Die Alte hat einfach die Nase voll von ihrem Gemüsegarten, verdammt. Wahrscheinlich baut sie Gras an und verkauft das.

– Vielleicht fahren wir zuerst bei ihr vorbei? schlug ich vor.

– Wann hat sie ihn zuletzt gesehen?

– Ach komm, hör auf. Morgen fahren wir nach Moskau. Sag mal, wo hast du denn den Wodka? Im Kühlschrank ist kein Tropfen mehr.

* * *

Gegen elf kamen wir in Frjasino an. Das Wetter war lausig, und wir mussten langsam fahren. Mal regnete, mal schneite es. Ein paar Mal mussten wir sogar anhalten.

Vor Paschkas Haus streckte Genka mir das Telefon hin.

– Los, sag ihm, er soll seinen Arsch in Bewegung setzen.

Nach fünf Minuten kletterte Paschka schweigend auf den Rücksitz, er schlug mir auf die Schulter und starrte dann aus dem Fenster. Als hätte er den eigenen Hof noch nie gesehen. Nie im Leben.

– Was macht die Familie? Ich drehte mich auf dem Sitz zu ihm um.

Zur Antwort zuckte er nur die Achseln.

Die Geschichte mit dem Geld hatte ihnen beiden gehörig zugesetzt. Genka und er hatten sogar ihr *business* aufgeteilt. Sie vermieden jegliche Begegnung. Ihren Wodka tranken sie in verschiedenen Cliquen. Andererseits – wie soll man sich in Frjasino aus dem Weg gehen? Es sind doch überall dieselben Leute. Deshalb mussten sie sich immer vorher vergewissern, dass sie sich nicht zufällig begegneten. Denn sonst – wer weiß, wie das geendet hätte. Paschka redete nicht gern, konnte aber sehr viel Wodka auf einmal trinken. Zwei Flaschen. Je nach Tagesform auch drei.

Soweit ich ihren betrunkenen Erzählungen entnahm, wenn sie mich abwechselnd besuchen kamen, ging es um fünfzigtausend *bucks*. Eine Menge Geld, natürlich, aber war es das wert? Und hinterher bei mir aufzukreuzen, auf dem Hocker zu wippen und immer wieder zu sagen:

– Aber du weißt doch, ich würde ihn nie abzocken. Das weißt du doch? Na, sag schon?

Das ganze Gequatsche war völlig für den Arsch. Weil sich weder der eine noch der andere beruhigen konnte. Sie kamen zu mir und tranken meinen Wodka. Und das Beste war noch, dass ich tatsächlich nicht wusste, wer von ihnen die Knete genommen hatte.
Zuerst wollten sie sich irgendwo im Ausland zwei Häuser kaufen. Weil das Geld nämlich geschenkt war, vom Himmel gefallen, keiner hatte damit gerechnet – sie hatten einfach ein gutes Geschäft gemacht. Aber dann erfuhren sie, dass fünfzigtausend für zwei Häuser zu wenig war – die Knete reichte nur für eines. Also beschlossen sie, das Geld erst mal auf die Seite zu legen – wir überlegen uns dann später was. Aber später war das Geld weg. Und jeder behauptete, er hätte es nicht genommen. Paschkas Frau ging zu Genka nach Hause und besprach irgendwas mit ihm. Genka wollte mir von diesem Besuch nichts erzählen, und Paschka, wie immer, wenn er betrunken war, knirschte nur mit den Zähnen. Auch so eine bescheuerte Angewohnheit.
Kurz und gut, das Ganze war eine Sauerei. Eine Riesensauerei.
Deshalb betrachtete Paschka jetzt sein vertrautes Frjasino durchs Fenster. Mit echtem, aufrichtigem Interesse. Genka lenkte den Jeep, als würde er die Fahrprüfung machen. Und ich saß daneben wie ein Fahrlehrer. Bloß konnte ich gar nicht Auto fahren. Und Frjasino interessierte mich auch nicht sonderlich.
– Was hast du denn da? fragte ich und hob ein kleines Buch mit blauem Einband vom Boden auf.
– Ach, das hat mir irgendein Schwachkopf geschenkt, sagte Genka. – Ein amerikanischer Missionar. Der hat bei uns Möbel bestellt für sein Gebetshaus.

Als er »bei uns« sagte, löste Paschka zum ersten Mal, seit er eingestiegen war, seinen Blick von der Straße und sah sich um. Beziehungsweise er sah sich nicht um, sondern drehte sich irgendwie nach hinten.
Ich schlug das Büchlein in der Mitte auf und las das Erstbeste, was mir in die Augen fiel: »Es war aber der Satanas gefahren in den Judas, genannt Ischariot, der da war aus der Zahl der Zwölf.«
– Leg es da rein. Genka öffnete das Handschuhfach auf meiner Seite. – Ich muss es meiner Frau geben. Die fährt neuerdings auf solchen Scheiß ab.
– Warte, sagte ich. – Lass mich noch mal sehen.

* * *

Als ich klein war, hat mein Vater mal gesagt: – Lies nicht so viel, du verdirbst dir die Augen. Dabei las ich gar nicht so viel. Ich las auch nicht wenig. Das Buch, mit dem er mich damals sah, hatte ich bloß zufällig zur Hand genommen. Es gehörte meiner Mutter und war mit lauter Strickmustern. Lauter Haken und Maschen. Ich weiß nicht, warum ich es überhaupt aufgeschlagen hatte. Aus Langeweile vermutlich. Da kam mein Vater. Und sagte: – Lies nicht so viel.
Mit dem Fahrrad die gleiche Geschichte. Und damit, wie man lernt, den Ball mit dem Knie ins Tor zu schießen. Als gäbe es das alles gar nicht. Kein Fahrrad, keinen Ball, kein Knie. Und mich auch nicht. Aber die Nachbarsjungen gab es. Denen hielt jedenfalls ihr Vater immer das Fahrrad fest. Er stand dahinter und hielt es am Gepäckträger fest. Dann fragte er mich: – Soll ich dich festhalten? Aber ich sagte immer: – Nicht nötig. Es ist nämlich besser, wenn man al-

lein klarkommt. Zu Hause kühlst du dir die blauen Flecken mit einem Löffel. Und der Vater raschelt mit der Zeitung, sieht dich an und sagt: – Wasch ihn hinterher aber unbedingt ab.
Deshalb stand ich, als bei Serjoga keiner aufmachte und Genka sagte, wir müssten wohl zu meinem Vater fahren, bloß stumm an der grünen Wand in dem dreckigen Treppenhaus, sah ihn an und wusste nicht, was ich erwidern sollte.
– Was glotzt du denn so? fragte er. – Warum sagst du nichts? Du hast doch im Suff selbst mal erzählt, dass er bei der Moskauer Stadtverwaltung arbeitet. Wir fahren hin, reden mit ihm. Er kann bestimmt herausfinden, ob die Wohnung verkauft ist. Wer sie gekauft hat und wann. Und auch für Penner müssten die da irgendeine Abteilung haben. Eine Registrierungsstelle ... Es muss doch alles seine Ordnung haben. Fahren wir. Es wird Zeit, verdammt.
– Ich habe ihn zehn Jahre nicht gesehen.
– Na und? Dann siehst du ihn eben jetzt. Beeil dich. Ohne ihn kriegen wir nichts raus wegen Serjogas Wohnung. Und wenn wir das nicht rauskriegen, können wir es gleich lassen. Wir müssen herausfinden, wer da wohnt. Und wie die überhaupt da reingekommen sind, verdammt. Na los, rück schon die Adresse raus.
Ich sah Paschka an, aber der hatte sich gerade weggedreht.

* * *

– Zu wem wollen Sie? fragte die junge Frau, die die Tür aufmachte.
Sie war erschrocken. Das hörte man an der Stimme. Wir

standen vor ihr wie drei Ganoven. Ich versuchte mich wenigstens notdürftig hinter Genka zu verstecken. Wenigstens das Gesicht.
– Ach du bist es, Kostja, sagte mein Vater, der jetzt hinter ihr im Korridor auftauchte. – Komm rein. Na los, Leute, kommt doch rein.
Ich trat hinter Genkas Rücken hervor, und mein Vater umarmte mich kräftig.
– Da bist du ja endlich. Ich habe schon lange auf dich gewartet.

* * *

Er hatte teuren Wodka. Mit Import-Etiketten und in einer schönen Flasche. Aber zu wenig. Es reichte nur für fünfzehn Minuten.
– Marina, geh noch Wodka kaufen, sagte mein Vater. – Sonst müssen wir hier gleich verdursten.
– Du hast morgen eine Konferenz, sagte sie und bemühte sich, nicht in meine Richtung zu blicken.
– Ich weiß. Geh und kauf Wodka, Liebling. Ich muss doch schließlich mit meinem Sohn anstoßen. Warum kommst du erst jetzt? Sag, Kostja?
– Ich hatte zu tun, sagte ich.
– Ich wollte schon lange, dass du deinen Bruder und deine Schwester kennenlernst. Du weißt doch, dass du zwei Geschwister hast? Sie sind im Moment in der Schule. Naschka geht in die fünfte Klasse, und Slawka ist gerade in die erste gekommen. Sie haben beide immer nachmittags Unterricht. Sie sind so drollig.
– Kann ich mir vorstellen.
– Kannst du nicht. Komm, erzähl – wie geht es dir?

Er blickte mir ins Gesicht, und ich sah, dass ihm das nicht leichtfiel.

– Siehst du ja selbst.

– Ach hör auf! So was kommt vor. Hauptsache, du lebst.

Er verstummte und drehte sein leeres Glas in der Hand.

– Wie ist das überhaupt passiert? War es schlimm?

– Jedenfalls kein Spaziergang.

– Verstehe. Und wie kam das?

– Sie haben den Panzer aus einer Hummel beschossen.

– Und die Jungs waren dabei?

Er blickte zu Genka und Paschka.

– Sie wurden früher rausgezogen. Serjoga dachte, ich bin tot.

Mein Vater schwieg eine Weile, dann seufzte er tief und löste den Blick von seinem leeren Glas.

– Aber mit eurem Serjoga weiß ich, ehrlich gesagt, nicht so recht, wie ich euch helfen soll. Das ist eine ganz andere Abteilung. Ich bin zuständig für patriotische Erziehung.

– Unterrichten Sie Militärkunde? fragte Genka.

– Nicht nur.

– Aha. Dann also Geländespiele. Lauter Mumpitz.

– Das ist kein Mumpitz, sagte mein Vater und stellte das Glas auf den Tisch. – Man muss etwas für das Ansehen der Armee tun.

– Welchen Dienstrang haben Sie denn?

– Oberstleutnant.

– Stark! Haben Sie gekämpft? Hot Spots? Afghanistan?

Mein Vater sah Genka an, und seine Augen verengten sich leicht.

– Nein, dazu hatte ich noch keine Gelegenheit. Ich leiste Kaderarbeit.

– Alles klar. Keine weiteren Fragen.
– Hier ist euer Wodka, sagte Marina, als sie in die Küche kam. – Jetzt könnt ihr euch besaufen.
– Nein, danke, sagte Genka. – Wir gehen besser. Wodka gibt's auch anderswo zur Genüge. Morgen früh müssen wir wieder nach Moskau. Wir suchen ihn, bis zum Anschlag. Leben Sie wohl, Genosse Oberstleutnant. Mir ist jetzt klar, warum Kostja nicht herkommen wollte.
Im Flur, schon an der Tür, fing Marina plötzlich an:
– Wenn ihr morgen wieder nach Moskau fahrt, könnte Konstantin doch besser bei uns übernachten. Wozu hin und her fahren? Es ist sowieso ein Zimmer frei.
– Nein danke, sagte ich. – Ich muss nach Podolsk. Ich hab da was Wichtiges zu erledigen.
Unten stieg Genka in den Jeep und ließ den Motor an, hatte es aber nicht eilig loszufahren.
– Hör mal.
Schließlich drehte er sich zu mir um. – Weißt du was? Bleib besser hier. Wieso zum Teufel sollen wir dich nach Podolsk bringen? Eineinhalb Stunden Fahrerei für nichts. Wir holen dich morgen um elf ab. Er ist doch dein Vater. Los, Alter, zisch ab.

* * *

– Das ist Ihr Zimmer, sagte Marina und ließ mich vorgehen. – Machen Sie es sich bequem. Nikolaj holt inzwischen die Kinder ab. Die Schule ist hier gleich nebenan. Direkt im Hof.
Es war ein bisschen merkwürdig für mich, dass sie meinen Vater Nikolaj nannte. Meine Mutter hatte ihn immer mit seinem Familiennamen angeredet. Wie einen Klassen-

kameraden in der Schule. Oder wie einen Politiker aus der Zeitung.
– Das habe ich hier aufgehängt, sagte sie, als sie meinen Blick bemerkte. – Ich liebe armenische Malerei. Ich weiß zwar nicht, wer es gemalt hat, aber es ist offensichtlich in der Gegend von Eriwan. Sehen Sie, hier sind die charakteristischen Gewittertöne, und hier diese kleinen Häuser, die den Berg emporklettern. Ich habe meine Kindheit in Eriwan verbracht. Dort ist es sehr schön.
– Das ist El Greco, sagte ich.
– Was?
– Das ist die Reproduktion eines Bildes von El Greco. Ein spanischer Künstler. Griechischer Herkunft. Sein richtiger Name ist Domínikos Theotokópoulos. Aber das spielt keine Rolle.
Sie richtete ihren Blick auf mich. Verwunderung in den Augen. – Sind Sie sicher?
– Ja.
Ich sah sie an und dachte: Was hat sie, was meine Mutter nicht hatte?
– Na, wenn Sie meinen …
Gewaltige Zweifel in der Stimme.
– Ich meine das nicht. Es ist El Greco.
Wieder sah sie mich an, und schließlich lächelte sie.
– Schön. Dann ist es eben El Greco. Was macht das schon für einen Unterschied? Wissen Sie, nehmen Sie es Ihrem Vater nicht übel. Er hat im Moment Schwierigkeiten bei der Arbeit. Vielleicht kann ich Ihnen irgendwie helfen?
– Sie?
– Ja. Ich kenne ein paar Journalisten, die sich mit Kriminalfällen beschäftigen. Sie haben gute Verbindungen zur Moskauer Miliz.

Ich wollte gerade sagen, dass das nicht schlecht wäre, als es klingelte.
– Da sind sie ja, sagte sie. – Jetzt werden Sie sie kennenlernen.
Das Mädchen sah mich nicht einmal an. Es flüsterte »Guten Tag« und schlüpfte rasch in sein Zimmer. Offenbar hatte mein Vater sie vorgewarnt.
Dass sie mich nicht anstarren sollten.
Doch der Junge war noch ganz klein. Runde Wangen, runde Augen. Er sah mich unausgesetzt an. Sein Mund stand sogar leicht offen. Und er vergaß, seine Jacke aufzuknöpfen.
Mein Vater sagte:
– Bei beiden ist die letzte Stunde ausgefallen. Eine ganze Stunde lang haben sie draußen eine Schneeballschlacht veranstaltet.
– Slawa, es ist unhöflich, die Leute so anzustarren, sagte Marina hinter meinem Rücken. – Sag guten Tag, das ist dein Bruder.
Ich ging vor ihm in die Hocke und streckte ihm die Hand hin.
– Hallo, kleiner Bruder. Ich heiße Konstantin.
Seine Augen wurden noch größer. Er sah mich an, dann Marina. Hielt mir die Hand hin und sagte schließlich:
– Meine Ohren sind ganz steifgefroren. Sie lassen sich gar nicht mehr umbiegen.

* * *

– Sie sind so verschieden, sagte Marina, als mein Vater die Kinder ins Bett brachte. – Slawka ist sehr selbständig. Will überall allein hingehen. Und Nataschka ist wie ein Blümchen – Hauptsache, die Sonne scheint. Obwohl sie drei Jahre älter ist. Hier, nimm dir Zucker.

Sie schwieg einen Moment und lächelte.

– Ich weiß noch, einmal habe ich sie in den Kindergarten gebracht, ich war sehr spät dran. Wir hatten ein Heft in Druck gegeben und die ganze Nacht nicht geschlafen. Und Nataschka überredete mich unterwegs, noch auf den Markt zu gehen. Sie wollte Beeren kaufen.

Wieder lächelte sie.

– Wir waren viel zu spät im Kindergarten, aber die Erzieherin machte nicht mir Vorwürfe, sondern schrie sie an: »Warum kommst du so spät? Die anderen Kinder sind alle schon da.« Sie war eine strenge Dame, weiß du.

Sie sah mich an.

– Ist es okay, wenn ich dich duze?

– Sicher.

– Also. Nataschka sieht sie einfach nur an. Dann streckt sie ihr den Arm hin, öffnet die Faust und sagt: – Faulbeeren. Die Beeren klebten alle zusammen. Und sie steht da und lächelt.

Für einen Moment bedeckte sie die Augen mit der Hand.

– Die Erzieherin schaut sie an und weiß nicht, was sie sagen soll. So sind sie auseinandergegangen, ohne Geschimpfe. Das werde ich wohl mein Leben lang nicht vergessen. Nimm doch Konfekt dazu, wieso trinkst du den Tee ohne alles?

– Mach ich immer. Ich mag nichts Süßes.

– Weil du Wodka magst. Wer Wodka trinkt, isst nichts Süßes. Und umgekehrt. Ich zum Beispiel ertrage nicht mal den Geruch. Mir wird sofort schlecht. Ich verstehe nicht, wie man Wodka trinken kann.

– Da ist nichts dabei. Man gewöhnt sich dran.

– Na gut, sagte sie. – Ist ja auch egal. Ich wollte dir von den Kindern erzählen ... Macht es auch nichts, dass ich so viel von ihnen erzähle?

– Ach wo! Das interessiert mich doch.

– Es sind schließlich deine Geschwister.

– Ja, ja, ich weiß.

– Eben. Und Slawka ist ganz anders. Er ist noch klein, hat aber schon seinen eigenen Kopf. Er lernt englische Wörter. Und zwar ohne dass ihn jemand zwingen würde. Er sagt, er bräuchte das für ein Computerspiel, das es nur auf Englisch gibt. Und Schach spielen hat er auch gelernt. Nun liegt er Nikolaj damit in den Ohren. In einem Jahr würde er ihn schlagen, sagt er. Ganz schön eigenwillig.

Wieder lächelte sie.

– Und Nataschka macht ihm alles nach, wie ein Äffchen. Obwohl sie drei Jahre älter ist. Einmal kam sie und fragte: Zieht das Pferd immer über zwei oder drei Felder? Ich wusste es selbst nicht mehr. Ich musste Slawka fragen.

Marina stand auf und schob die Tür zu.

– Allerdings zanken sie sich auch manchmal. Selten, aber es kommt vor. Vorgestern holte Slawka einen Ball unter dem Bett hervor, Nataschka ging unterdessen mit geschlossenen Augen durchs Zimmer. Und sagte ihm, sie könne nichts dafür, wenn sie ihn treten würde. Was natürlich sofort passierte ...

– Warum habt ihr euch hier eingeschlossen? fragte mein Vater, als er in die Küche kam. – Ich dachte, ihr guckt fern.

– Ich hatte Angst, dass wir zu laut reden. Nimm dir einen Tee. Ich erzähle Konstantin von den Kindern. Schlafen sie schon?

Mein Vater sah mich an und lächelte.

– Ja. Weißt du, was Slawka mir eben gesagt hat? Er sagte: Was ich für inkompetente Schuhe habe. Kauf mir besser neue. Stell dir das vor – inkompetent.
Marina fing an zu lachen und winkte ab:
– Es ist ungefähr drei Jahre her, da wurde er mal wach und sagte: – Wie heißt die Zahl, wo zuerst eine eins und dann eine acht steht? Ich sage: – Achtzehn. Darauf sagt er: – Bis Weihnachten sind es noch achtzehn Jahre. Seither zerbreche ich mir den Kopf, woher er wusste, wie viele Tage vor Weihnachten es war, wenn er nicht mal wusste, wie die Zahl heißt? Es waren nämlich tatsächlich genau achtzehn Tage.
– Er hat auf die Geschenke gewartet, sagte mein Vater.
– Denk doch mal, wie du als Kind vor Weihnachten warst.
– Ach, das ist schon so lange her …
Ich betrachtete meinen Vater, wie er sich Tee eingoss, Zucker in die Tasse tat und sich an den Tisch setzte, seine Frau, die ihn ansah und lachte, den Küchentisch mit dem Konfekt unter dem tiefhängenden rosa Lampenschirm, meine blaue Tasse, in der der Tee kalt wurde, die Spielzeugpistole, die Slawka am anderen Ende des Tisches liegengelassen hatte – ich betrachtete das alles, und mir kamen ganz eigenartige Gedanken. Beziehungsweise keine Gedanken, sondern ein Gedanke. Nicht einmal ein Gedanke, sondern eine einfache Frage.
Warum?
Ich sah sie an und dachte: Warum ist es mir so ergangen? Warum verbrennen die einen, und die anderen werden rausgezogen? Warum haben jetzt andere Kinder den Vater, den ich einmal hatte? Warum hat der Mann, den ich zum Vater haben wollte, mich im Stich gelassen und ist irgendwohin ans Schwarze Meer gefahren? Warum geht mir der

Schwachkopf, der sich jetzt dem Gesetz nach mein Vater nennt, so auf die Nerven, dass ich mich volle sechs Monate nicht aufraffen kann, meine eigene Mutter zu sehen?
Für ein einziges *Warum?* war das vermutlich ein bisschen viel. Mit einem einzigen Fragezeichen kommt man da sicher nicht aus.

* * *

Am Morgen kam Genka allein angefahren. Er sagte, Paschka hätte den Zug nehmen wollen. Ich setzte mich neben ihn, und wir fuhren los. Zehn Minuten lang sagte er kein Wort. Das passte überhaupt nicht zu Genka, aber ich hatte anderes im Kopf. Ich dachte an meine neuen Verwandten.
– Verdammt, leg doch das Ding weg, fing er schließlich an, als er sah, dass ich schon wieder das kleine blaue Buch vom Boden nahm, das ich gestern in seinem Auto gefunden hatte.
Ich sagte nichts und öffnete es wieder aufs Geratewohl: »Er hat ihre Augen verblendet und ihr Herz verstockt, dass sie mit den Augen nicht sehen noch mit dem Herzen vernehmen und sich bekehren und ich ihnen hülfe.«
– Sag mal, fragte ich. – Wieso hast du eigentlich eine Sonnenbrille auf? Die Sonne scheint doch gar nicht.
Genka drehte mir für einen Moment das Gesicht zu, gab aber keine Antwort.
Paschka trug auch eine Sonnenbrille. Er stand am Eingang zur Metro und starrte vor sich hin. Als wäre er blind. Nur war seine Brille sehr groß. Wie bei einem Fotomodell. Vielleicht war sie von seiner Frau.
– Findet ihr das witzig? fragte ich, als er in den Jeep stieg.

– Was soll die Nummer mit der Sonnenbrille? Die Sonne scheint doch gar nicht.
Paschka gab keine Antwort. Genka schaltete und trat auf das Gaspedal.
– Moment mal, sagte ich. – Stopp. Halt an.
– Und jetzt? Er drehte mir wieder das Gesicht zu.
Ich streckte blitzschnell die Hand aus und nahm ihm die Brille ab. Unter seinem linken Auge war ein blauer Fleck. Dunkelviolett.
– Sag mal, spinnst du? fragte er und riss mir seine Brille aus der Hand. – Du hast sie wohl nicht mehr alle!
Paschka hatte sich zum Fenster gedreht und sah nicht mal in unsere Richtung. Wir schwiegen sicher eine ganze Minute lang. Vielleicht auch zwei.
– Wer hat denn da wem eine verpasst? fragte ich schließlich und bemühte mich, ruhig zu sprechen. – Habt ihr rausgefunden, wer stärker ist?
Sie blickten stumm vor sich hin. Keiner von beiden sagte einen Ton.
– Ihr habt eine Brille aufgesetzt, fuhr ich fort, – ihr habt eine Brille aufgesetzt, damit keiner sieht, was mit eurem Gesicht los ist. Damit alle denken, dass mit eurem Gesicht alles in Ordnung ist. Dass euch bloß die Augen weh tun. Dass euch die Sonne blendet. Aber was für eine Brille soll ich denn aufsetzen, verdammt? Was für eine, verdammt? Auf meine verdammte Visage?
Mir war nicht aufgefallen, dass ich angefangen hatte zu brüllen.
– Wofür zum Teufel braucht ihr eine Brille? Haben eure Kinder etwa Angst vor euch? Ekelt es etwa eure Frauen, euch anzusehen? Holen euch etwa die Nachbarn, wenn ihre Kinder nicht ins Bett wollen? Hat man euch etwa das

Hemd zusammen mit der Haut vom Leib gerissen? In Stücke geschnitten, weil es verdammt noch mal am Körper festgewachsen war? Mit ihm verschmolzen, als gehörte es dahin? Wenn ihr wüsstet, wie ihr mich ankotzt mit eurer Knete, mit eurem Schweigen, mit euren Fressen. Wie ihr mich ankotzt! Ich versteh das nicht: Wofür verdammt noch mal braucht ihr eine Brille? Was wollt ihr dahinter verstecken?
Ich wurde still. Etwa fünf Minuten blieben wir so sitzen. Dann räusperte Genka sich und legte den Gang ein.
– Was ist, fahren wir? fragte er. – Hier rumsitzen bringt nichts. Wir müssen Serjoga suchen.

* * *

In der Kindheit prügelt man sich oft mit den Freunden. Du gerätst im Treppenhaus mit irgendwem aneinander und schlägst ihm den Kopf gegen die Stufen. Und oben klappern die Nachbarn mit dem Schlüssel.
Nicht weil du ihn hasst, sondern weil er immer da ist. Es ergibt sich einfach so.
Was bleibt überhaupt von der Kindheit? Träume, in denen du vor deiner ersten Wohnung stehst und versuchst, die Tür zu öffnen, obwohl du weißt, dass da keiner ist? In denen du wieder so klein bist, dass du nicht an die Klinke kommst? Gerüche?
Oder der Schreck im Kindergarten, als die anderen alle schliefen und du die ganze Mittagsruhe hindurch auf der Liege gehockt hast, weil dir plötzlich klar war, dass du irgendwann tot sein würdest? Für immer? Davon verwandelte sich die Steppdecke in einen Klumpen und wurde ganz feucht. Danach hast du bei der Mahlzeit kotzen müs-

sen, weil man nach solchen Entdeckungen keinen warmen Kefir trinken sollte. Und die Erzieherin sagte: – Nimm einen Lappen und putz das weg, da kommt keiner und leckt es auf, nein so was, was bist du für ein Schmutzfink! Da musstest du gleich noch mal kotzen. Weil du nämlich erst vier Jahre alt warst. Und das ist nicht das allerbeste Alter, um einer Frau zu begegnen, die mit deinem Tod so gar nichts am Hut hat. Aber du hast alles saubergemacht. Kurz und gut, es ist nicht klar, was von der Kindheit bleibt.

Am nächsten Tag kam keiner. Weder Genka noch Paschka. Sie riefen nicht mal an. Ich setzte mich in den Sessel und hütete die Kinder. Marina und mein Vater waren gleich nach dem Frühstück weggegangen.

– Gehst du nicht zur Arbeit? fragte Slawka.

– Nein, sagte ich. – Ich hab im Moment keine Arbeit.

– Gut. Er nickte sehr ernsthaft. – Papa und Mama haben nämlich immer viel Arbeit, und sie bleiben nicht bei uns.

– Bei mir braucht keiner mehr zu bleiben, sagte Nataschka. – Ich geh schon bald Schlittschuhlaufen.

– Du hältst den Stift nicht richtig, sagte ich zu Slawka. – Komm ich zeig dir, wie es geht.

– Kannst du das denn? Er sah mich skeptisch an. – Aber wir haben gar kein Papier. Mama hat einen ganzen Stapel, aber sie schimpft immer. Dabei hat Jelena Wiktorowna gesagt, alle müssten ein Eichhörnchen mitbringen in die Schule. Kannst du das?

In seiner Stimme klang Hoffnung durch. Er schwieg und starrte mich an.

– Weiß ich nicht. Komm, wir versuchen es mal. Aber am Boden geht es besser. Ich zeichne gerne im Liegen.

Bereitwillig kletterte er vom Stuhl herunter.
– Ich will auch am Boden. Aber wie geht das?
– Sieh mal. Du legst dich auf den Bauch und zeichnest. Kapiert?
Nataschka hob den Kopf von ihren Hausaufgaben und blickte zu uns herüber.
– Sieh mal, so, sagte ich. – Du legst dich hin, und dann fängst du an zu zeichnen.
Kurz darauf schnappte er mir das Blatt weg, sprang auf und stürzte zu seiner Schwester.
– Sieh mal, Nataschka! Sieh mal, wie er das gezeichnet hat!
Sie stand vom Tisch auf, kam zu mir und legte sich auch auf den Boden.
– Kannst du auch eine Barbie malen?
– Ich will ein Pokémon! krähte Slawka. – Mal mir ein Pokémon!
Ich zuckte die Achseln:
– Ich weiß nicht, was ein Pokémon ist.
Nataschka sagte:
– Mal mir eine Barbie.
Dann wollten sie die Schneekönigin. Dann einen Igel. Dann Britney Spears und die Ninja Turtles. Als kein Papier mehr da war, rannte Slawka in Marinas Zimmer. Er kam wieder, stockte kurz an der Tür, lief dann auf mich zu, streckte mir einen ganzen Packen Papier und eine Videokassette entgegen, stellte sich auf die Zehenspitzen, schloss die Augen, hielt den Atem an und seufzte:
– Ich will Pokémons. Alle.
Während wir die Trickfilme ansahen und ich zeichnete, liefen Nataschka und Slawka hin und wieder in die Küche und schleppten Chips, Cola, Bonbons und Käse an. Nach

zwei Stunden war der Boden mit Blättern übersät und mit Essen überhäuft. Als die Filme zu Ende waren, zeichnete ich einfach so weiter. Die Kinder schauten zu und versuchten zu erraten, was ich zeichnen würde. Slawka erriet es fast immer als Erster.
– Ein Nilpferd! schrie er, und Nataschka seufzte niedergeschlagen. – Ein Strauß! Ein Ei! Ein U-Boot!
Damit Nataschka nicht gekränkt wäre, begann ich Sachen zu zeichnen, die Mädchen gerne haben.
– Das ist bestimmt ein Pudel, sagte sie. – Und das ist eine Siamkatze. Und das ist eine Lehrerin, sie hat nämlich einen Zeigestock in der Hand. Und das ist bestimmt eine Stewardess. Aber wer die Frau ist, weiß ich nicht. Sie hat so eine komische Kappe auf.
– Wer ist das? fragte Slawka, als ich fertig war. – Wir geben auf. Sag schon, es errät sowieso niemand.
– Das ist eine Operationsschwester, sagte ich. – Sie heißt Anna Nikolajewna.
– Und was ist eine Operationsschwester? fragte Slawka, aber in dem Moment schnappte im Flur das Schloss, und Marina erschien in der Tür.
Sie musterte verblüfft das von weißen Blättern bedeckte Zimmer, die verstreuten Essensreste, uns, wie wir da am Boden hockten und zu ihr hoch sahen, schwieg einige Sekunden und sagte schließlich:
– Mein Mittagessen ist hin. Hat wenigstens einer von euch die Hausaufgaben gemacht?

* * *

Nachdem wir ein bisschen aufgeräumt hatten, sagte Marina, Slawka habe heute Sportwettkampf. Und sie müsse in die Redaktion, weil ein amerikanischer Journalist gekommen sei.
– Von der *New York Times*. Kennst du die Zeitung? Ich muss unbedingt mit ihm reden.
Ich sagte, die würde ich nicht kennen, aber ich könnte Slawka wegbringen. Genka und Paschka waren sowieso nicht aufgetaucht.
– Das macht mir nichts. Sag mir nur, wo es ist.
Während er Zeichnen hatte, saß ich auf einer Bank bei der Schule und beobachtete die Leute. Nach dem Essen war die Sonne herausgekommen, und der Schnee, der die letzten zwei Tage gefallen war, taute schnell weg. Die, die zu spät zum Unterricht kamen, rannten mitten durch die Pfützen. Einige hoben den Kopf und bemerkten mich. Sie hätten besser nach unten gucken sollen. Wenigstens würden sie dann zu Hause nichts zu hören bekommen wegen der Schuhe.
Im Übrigen würden sie selbst bald zur Armee müssen. Sollten sie nur gucken.
Der Sportwettkampf war nur für die Erstklässler. Deshalb setzte ich mich so hin, dass man mich nicht sehen konnte. Nur von hinten. Ich musste Slawka nach Gehör die Daumen drücken. Ich hörte sie schreien, wenn einer als Letzter angelaufen kam. Sie versuchten dann, ihm zu helfen. Brüllten wie besessen.
– Kommt hierher, sagte plötzlich eine Frauenstimme in meinem Rücken. – Hier ist niemand. Nur ein Onkel.
Zwei kleine Jungen setzten sich auf die Bank hinter mir. Ich beugte mich vor, um sie nicht zu erschrecken. Als hätten meine Schuhbänder sich gelockert.

Aber sie interessierten sich gar nicht für mich.
– Wie seht ihr denn aus? flüsterte ihre Mama. – Ich habe euch doch alles hingelegt. Ihr seid unmöglich angezogen. Jetzt denken die Leute, wir sind Bettler.
– Papa hat uns angezogen, flüsterte der eine. – Ich hab ihm gesagt, dass das so nicht richtig ist, aber er hat gesagt, es ist egal, wir sind sowieso schon zu spät.
– Jetzt denken die Leute, ihr habt nichts anzuziehen. Ich hab euch doch alles auf dem Sessel hingelegt.
– Papa hat gesagt, für einen Sportwettkampf würde man sich nicht so anziehen.
– Schon gut, flüsterte die Mama. – Jetzt ist Ira dran mit Laufen, danach ziehst du ihre Turnschuhe an. Aber nicht durch die Pfützen rennen, die Schuhe sind schließlich ganz neu.
– Aber wenn er drum rum läuft, ist er der Letzte, flüsterte der kleinere Junge. – Dann verliert er.
– Ich springe einfach drüber.
– Und wenn es ganz große sind?
– Das schaff ich schon.
– Schon gut, hört auf. Die Mutter wies sie im Flüsterton zurecht. – Mir ist schon ganz schwindelig.
Ich hörte ihnen zu, bemüht, nicht ihre Aufmerksamkeit zu erregen, und dachte daran, wie Kinder sein können. Was sie reden, wie sie sich gegenseitig schubsen, wie sie hüpfen, auf einem Bein, ihre Schuhe kaputtmachen, vom Balkon spucken, die Tapete bemalen, die Zwiebeln aus der Suppe fischen.
Vor allem wenn es deine eigenen sind.
Mit einer ganzen Horde ans Schwarze Meer fahren. Im Sommer, bei unglaublicher Hitze. Eine Einzimmerwohnung mieten. Im ersten Stock – deshalb ist es zu Anfang

unheimlich, die Balkontür nachts offen zu lassen. Im Fernsehen erzählen sie jede Stunde, dass ein paar Georgier aus dem Gefängnis entflohen sind. Zwei oder drei. Nach einer halben Flasche kann man sich nur schwer erinnern, wie viele. Oder man will sich nicht erinnern. Dazu die Hitze. Der Rücken klebt, man kann die Gedanken nicht zusammenhalten. Immerhin gibt es keine Mücken. Sie sirren hinter der Balkontür, aber im Zimmer hört man sie fast nicht. Weil die Kinder Lärm machen. Sich gegenseitig schubsen und kichernd am Boden liegen. Es gefällt ihnen, dass sie jetzt mit uns in einem Zimmer sind. Es ist unmöglich, sie ins Bett zu bringen. Wir sitzen auf dem Sofa und sagen: – Es ist schon fast zwei Uhr nachts. Aber das ist ihnen egal. Sie hören nicht auf uns. Die Haare sind feucht vor Hitze. Sie halten einander um die Schultern gefasst. Wir sagen: Es ist schon zwei Uhr. Am dritten Tag kommen wir auf die Idee, in der Küche eine Steppdecke auszubreiten. Damit man sich nicht die Knie anstößt. Und damit das Linoleum nicht am Rücken klebt. Das Radio auf dem Hocker direkt über dem Kopf spielt jede Nacht Joe Dassin. Man muss ganz vorsichtig aufstehen. Man muss die Luft anhalten, sonst fällt es herunter. Dann muss man ihre Lippen in der Stille suchen. Als wäre man taub. Und in den Ohren ein gleichmäßiges Rauschen, als hielte man eine Muschel dran.

* * *

– Kostja! He, Kostja! rief mein Vater. – Komm her! Bist du taub? Ich rufe und rufe, und du hörst nichts.
– Auf dem Balkon ist es so laut, sagte ich, als ich ins Zimmer kam. – Zu viele Autos da unten.

– Was willst du? Das ist Moskau! Beinahe im Zentrum. Wir wollen essen. Marina ist von der Arbeit zurück.
– Na, sind Ihre Freunde nicht gekommen? fragte Marina in der Küche.
– Nein. Es gibt irgendein Problem. Vielleicht kommen sie morgen auch nicht.
– Warum sieze ich dich eigentlich wieder? Was ist dir lieber?
– Mir ist es egal.
– Dann duzen wir uns. Wenn ich es vergesse, musst du mich erinnern. In Ordnung? Wie ist denn unser Slawka beim Wettkampf gelaufen?
Sie spießte mit der Gabel ein Stück Fleisch auf und stupste meinen Vater mit dem Knie an. Das Fleisch fiel zurück auf den Teller, und sie lachte. Mein Vater blickte sie unentwegt an.
– Gut. Seine Klasse hat gewonnen. Slawka hat eine Urkunde bekommen.
– Na dann. Sie lächelte. Gleich kommt er rein und wird damit angeben. Er muss unbedingt siegen.
Wohl eine Minute lang aßen wir schweigend. Mein Vater aß nichts.
– Was siehst du mich so an? fragte sie schließlich meinen Vater.
Ihre Stimme hatte sich verändert.
– Du warst beim Friseur, sagte er.
– Na und? Darf ich jetzt nicht mehr zum Friseur gehen?
– Eine neue Frisur.
– Hör mal, bitte nicht vor deinem Sohn. Wir haben in der Redaktion Besuch von Journalisten aus den USA, und du willst, dass ich aussehe wie eine Vogelscheuche.
– Deine Frisur war doch schön.

– Sie macht mich älter. Verstehst du das wirklich nicht? Ich habe ausgesehen wie vierzig. Dabei bin ich zweiunddreißig. Ich bin erst zweiunddreißig Jahre alt!
– Und die Journalisten?
– Was? Sie stockte und blickte ihn verständnislos an.
– Wie alt sind die Journalisten aus Amerika? Sind sie jung?
Marina sah ihn schweigend an. Dann stieß sie ihren Teller zurück und stand abrupt auf.
– Wie du mir zum Hals raushängst mit diesem Schwachsinn. Nicht mal in Ruhe essen kann man.
Sie knallte mit der Küchentür, und wir blieben am Tisch sitzen. Mein Vater hatte sein Fleisch nicht angerührt.
– Entschuldige, Kostja, sagte sie spätabends, als sie zu mir ins Zimmer kam. – Wir haben dir das Abendessen verdorben. So etwas kommt öfter vor bei uns. Dein Vater ist so empfindlich, wenn es um unseren Altersunterschied geht. Und ich kann ihm das einfach nicht ausreden.
– Schon in Ordnung, sagte ich. – Jeder hat so seine Probleme.
– Aber ich weiß einfach nicht, wie ich ihm helfen kann. Ich muss mir jeden Schritt genau überlegen, um bloß nichts Falsches zu sagen oder zu tun. Er geht sofort in die Luft. Ich bin es so leid! Darf ich bei dir im Zimmer rauchen?
– Ja klar. Es ist deine Wohnung.
– Sag mal, was hast du denn da? Sie beugte sich über den Tisch am Fenster.
– Eine Zeichnung.
– Die ist ja großartig. Die Kinder haben mir schon mit deinen Zeichnungen in den Ohren gelegen. Ihr habt mein ganzes Papier aufgebraucht.

– Tut mir leid, ich kauf dir morgen neues.
– Ach was. So habe ich das doch nicht gemeint. Es ist großartig, wie du das hingekriegt hast.
– Das ist das Schwarze Meer, sagte ich. Da wohnt ein Bekannter, ein netter Mensch.
– Warst du schon mal da?
– Nein. Aber ich stelle es mir vor.
– Du hast das Schwarze Meer noch nie gesehen?
– Nein.
– Aber wie hast du es dann gezeichnet?
– Ich stelle es mir vor.
– Aha. Sie nickte misstrauisch. – Und wessen Kinder sind das?
– Kinder? fragte ich und hustete ein bisschen.
– Stört dich der Qualm? Sie wedelte mit der Hand und wollte das Oberlicht öffnen.
– Nein, geht schon. Alles in Ordnung.
– Sie haben irgendwie alle dasselbe Gesicht. Sieh mal, du hast ihnen allen dasselbe Gesicht gemalt. Ist das Absicht? Oder sind das alles Zwillinge?
– Genau, sagte ich und musste wieder husten.
– So viele?
– Ich habe es gern, wenn viele Kinder da sind.

* * *

Im Sommer am Strand sind es immer viele. Sie rennen und schreien. Kleine runde Bäuche. Die einen mit Panamahütchen, die anderen ohne Höschen. Weil die Eltern sie gerne ansehen, wenn sie nackt sind. Sie rennen herum, und dann – bauz! – weich mit dem Popo in den Sand. Aber nur bis zu einem bestimmten Alter.

Mir haben sie die Hose schon nicht mehr ausgezogen, wenn Mama und ich uns unter dem Sonnenschirm verkrochen und Vater Volleyball spielte. Offenbar hatten sie beide anderes zu tun. Ob ich eine Hose anhatte oder nicht, war ihnen egal.

Weil da nämlich diese Mädchen waren. Und mein Vater mit ihnen spielte.

Der Ball fliegt über die Köpfe! Zack! Ein lauter Schlag. Ich blicke ihm nach, wie er fliegt. Ich höre sie lachen. Und noch mal – zack! Wieder hebe ich den Kopf. Der Ball wird zur Sonne, und mir laufen die Tränen übers Gesicht. Ich kann nichts sehen. Zack! Nebenan ruft jemand: – Komm aus dem Wasser! Na, komm her! Was hast du denn da? Zack! – Lass das sofort fallen, das ist eklig! Ich werd dir helfen! Zack! – Fang ihn! Fang! Zack! – Los, los, noch einmal! Zack! Und dann zweimal schnell hintereinander – zack, zack. Aber es klingt etwas anders und ganz nah. – Hast du ihn? Zur Antwort ein Kinderweinen. – Heul nicht, sonst kriegst du noch mehr. Zack! – Achtung, er fliegt ins Wasser! Zack, zack. – Na, hast du noch nicht genug? Zack! – Sehr gut! Du hast ihn! Jetzt zu mir! Zack, zack, zack. – Hör auf zu heulen. Mir tut schon die Hand weh! – Er fliegt wieder ins Wasser! Das macht sie mit Absicht! Zack! – Ich hab ihn! Die Stimme meines Vaters. Ganz anders als zu Hause.

Ich öffne die Augen, drehe mich zur Seite und gucke aufs Wasser. Um nicht dahin gucken zu müssen, wohin meine Mutter guckt. Weil sie sie unentwegt anguckt. Der kleine Junge neben uns kann sich gar nicht beruhigen. – Komm, ich reibe dir das Gesicht ein. Sie dreht nicht mal den Kopf in meine Richtung. – Will ich nicht. Die Creme stinkt.

Direkt am Wasser rennt ein Hund hinter ein paar Knirpsen

her. Mal in die eine Richtung, mal in die andere. Wie aufgezogen. Er knickt mit den Vorderpfoten ein und bellt sie an. Sie bewerfen ihn mit Sand.
Von hinten – zack! Dann hört es auf.
– Kostja! Wieder die Stimme meines Vaters. – Wirf den Ball her!
Ich sitze da und sehe den Hund an. Nur mein Rücken ist etwas angespannt.
– Bist du taub? He, Konstantin!
Von hinten weiche Schritte im Sand. Meine Mutter hebt den Kopf immer höher. Jetzt hält sie inne. Guckt irgendwohin an mir vorbei nach oben. Das ist nicht mein Vater. Ihn guckt sie anders an.
Auf den Sand neben uns legt sich ein Schatten.
– Ich bringe ihn mit. Eine Frauenstimme. – Schon in Ordnung. Der Junge ist einfach in Gedanken. Ich senke den Kopf und sehe ihren Schatten.
Lange Haare. Ganz anders als bei Mama. Der Schatten krümmt sich und wird sofort wieder groß. – Fangt ihn!
Zack!
– Warum spielen Sie nie mit? Letztes Mal haben Sie genauso dagesessen. Und vorletztes Mal auch.
Meine Mutter sieht sie an und schweigt. Ihre Pupillen sind in der Sonne zu schwarzen Pünktchen geworden.
– Na, wo bist du denn? Die Stimme des Vaters. – Beeil dich!
Zack!
Der Schatten schwankt und ist verschwunden. Meine Mutter senkt langsam den Kopf. Ihre Pupillen weiten sich wieder. Darum herum sind lauter helle Sprenkel.

* * *

Wahrscheinlich hätte ich aufstehen und ihnen den Ball zuwerfen sollen. Dann wäre sie nicht zu uns gekommen, und mein Vater hätte hinterher im Auto nicht gesagt, Mama sei eine eifersüchtige Kuh. Oder ich hätte am besten mit dem Messer reingestochen. Es war schön scharf. Mein Vater hat sich sogar in den Finger geritzt, als er für alle ein Stück Wassermelone abschneiden wollte. Und die mit den langen Haaren sah ihn an und lachte. Als würde sie gekitzelt. Dabei lief ihr der Saft über die Finger.
– Warum isst du denn nichts? fragte mein Vater. – Träumst du schon wieder vor dich hin?
Sie steht da und lacht. Meine Mutter sitzt unter dem Sonnenschirm. Sie guckt aufs Wasser.
Ich hätte ihnen den Ball zuwerfen sollen.
Aber so oder so, davon wäre auch niemand glücklicher geworden. Mein Vater spielte weiterhin Volleyball am Strand. Als der Herbst kam, fuhren wir immer in den Wald. Samstags lief er schon in der Frühe pfeifend durch die Wohnung.
Meine Mutter sagte: – Pfeif nicht im Haus, aber er setzte sich in die Küche und pfiff noch lauter. – Willst du gerne Fußball spielen, Kostja? Ich sagte ja. – Dann mach dich fertig. Wir fahren in den Wald.
Im Wald war es besser als zu Hause. Man konnte Hagebutten pflücken und die Kerne nach der mit den langen Haaren spucken. Aus dem Gebüsch. Wo es keiner sah. Oder ihr Kletten in die Haare werfen. Aber dazu fehlte mir der Mut. Ich malte mir bloß aus, wie sie sich die Kletten mit der Schere rausschneiden würde. Ich malte mir das aus und spuckte Hagebuttenkerne. Bis man mich aus dem Gebüsch zerrte.
– Genug Faxen gemacht. Wir spielen jetzt Fußball.

Aber ich hatte keine Faxen gemacht. Ich hatte versucht, sie am Kopf zu treffen.
– Du bist der Mittelstürmer. Und ich stehe im Tor. Wir spielen, bis einer zehn Tore hat.
Bloß stand er nicht im Tor. Er zog alle möglichen Fratzen und fing wieder an zu pfeifen. Aber Mama sagte nichts mehr dazu. Sie saß unter einem Baum und sah uns zu. Vermutlich wollte sie nur nicht, dass er zu Hause pfiff. Ich weiß es nicht. Damals verstand ich das nicht. Ich rannte einfach zum gegnerischen Tor und schoss. Aber wir kassierten sowieso mehr Tore. Er ließ die mit den langen Haaren nämlich absichtlich treffen.
– Das sind doch Mädchen. Warum regst du dich auf? Wir werden doch nicht ernsthaft gegen sie spielen.
Aber es ärgerte mich. Weil ich mir Mühe gegeben hatte. Mir war es wichtig, sie zu besiegen. Aber er ließ sie zu Anfang absichtlich treffen, bis es fünf zu neun für sie stand. Als sie nur noch ein Tor schießen mussten, begann er plötzlich, ihre Bälle abzufangen. Ich dachte, jetzt würde doch noch alles gut. Ich fing an, schneller zu rennen, und holte auf. Bloß im Bauch tat mir etwas weh. Aber es war nur noch ein Tor. Und die mit den langen Haaren lief um mich herum und lachte. Aber ich lachte nicht. Weil ich nur noch ein Tor schießen musste. Ich dachte, jetzt würde alles gut. Obwohl mein Bauch jetzt schon sehr weh tat. Und ausgerechnet da fing er den Ball und warf ihn ihr direkt vor die Füße. Ich sah, dass er ihn ihr extra hingeworfen hatte, aber ich rannte trotzdem. Weil ich dachte, ich würde es schaffen. Doch ich stolperte und schlug mir den Kopf an.
Als ich zu ihnen rübersah, lagen sie sich schon in den Armen. Sie rief: – Wir haben gewonnen. Ich stand auf und

ging ins Gebüsch. Weil ich nicht wollte, dass sie sehen, wie ich weine. Mein Bauch tat immer noch so weh.

* * *

Abends kam der Arzt und sagte, es sei der Blinddarm. Langsam drückte er auf meinen Bauch und ließ dann ruckartig los. Vor Schmerz hüpfte ich unter seiner Hand hoch. Wie ein Ball.
In der Ambulanz saßen wir auf einer Krankentrage, und mein Vater strich mir über den Kopf. Ich sagte, wenn ich sterben würde, sollte er die mit den langen Haaren nicht mehr mit in den Wald nehmen. Er fing an zu lachen und sagte, ich sei ein Dummkopf. Blinddarm, das sei eine ganz unkomplizierte Operation.

* * *

Eifersucht ist etwas, das du im Grunde nicht bezwingen kannst. Niemals. So sehr du dich auch bemühst. Es gibt starke Menschen, die alles Mögliche bezwingen können: Feinde, Freunde, Einsamkeit. Aber Eifersucht – das ist etwas ganz anderes. Da muss man sich das Herz herausreißen. Weil sie dort wohnt. Denn sonst richtet sich jede Bewegung, die du machst, unweigerlich gegen dich selbst. Als würdest du im Moor untergehen. Je heftiger du versuchst, dich zu befreien, desto schneller versinkst du im Morast. Bald sind nur noch die Augen an der Oberfläche. Sie leuchten wie Scheinwerfer. In der Nase steckt schon lauter Dreck. Wenn du willst, atme ein. So oder so bleibt dir nicht mehr als eine Minute. Leb wohl, du weite Welt. Es war alles so wunderschön.

Bis dieses Luder auftauchte.
– Wenn ich nach Hause komme, bring ich sie um, verflucht, sagte mir ein Feldwebel im Lazarett, nachdem man uns schon aus Tschetschenien herausgebracht hatte.
– Du tickst doch nicht richtig. Wofür? sagte ich. – Sie weiß doch nicht mal, dass du nur noch ein Bein hast.
– Das wird sie schon mitkriegen. Und dann ist sie weg. Weißt du eigentlich, wie viele Typen mit zwei Beinen da zu Hause rumlaufen? Die springen in der ganzen Stadt herum wie die Ziegenböcke, und jeder, verflucht noch mal, hat zwei Beine.
Ich sah ihn an und schwieg.
– Wenn ich nur dieses Schwein erwischen würde, das den Draht beim Blockposten gespannt hat. Dem würde ich erklären, wofür man zwei Beine braucht. Wie sie es uns in der Schule beigebracht haben ... Und zwar laut und deutlich. Sag mal, was meinst du, kann ich jetzt die Schuhe zum halben Preis kaufen? Schließlich brauche ich immer nur einen.
Im Lazarett lag neben mir einer von der OMON. Er war erst nach meiner zweiten Operation eingeliefert worden. Er hing in einer Art Schaukel aus Bettlaken, weil das Hinterrad eines Lastwagens ihn überrollt und ihm das Becken zertrümmert hatte. Sämtliche Knochen waren zersplittert und zu einem Haufen übereinandergeschoben. Wie Spielzeug, das du satt hast und unters Bett wirfst.
Man hatte ihm einen Gummischlauch in den Bauch genäht und an diesem Schlauch eine Flasche befestigt. So ging er aufs Klo. Beziehungsweise, er ging nirgendwohin, sondern er hing da in seiner Schaukel. Nur die Flasche wurde hin und wieder gewechselt. Sie wurde ausgegossen und dann wiedergebracht.

Zweimal war es ihm gelungen, Tabletten zu horten. Aber wie die Ärzte so sind – sie haben ihm den Magen ausgepumpt. Denen war es doch egal, wie er weiterleben sollte. Dann aber versprach ihm der Oberarzt, dass er später wieder einen hochkriegen würde, und da hörte er auf, Tabletten im Kissenbezug zu verstecken. Es war wichtig für ihn, dass er wieder einen hochkriegen würde.
– Na und du? fragte er mich. – Hast du ein Mädchen zu Hause? Ich sagte nein.
– Gut so. Die würde dich nämlich verlassen. Hast du schon mal unter deinen Verband geguckt?
– Nein. Im Verbandsraum gibt es keinen Spiegel.
Das war gelogen. Im Verbandsraum gab es einen Spiegel. Für die Schwestern. In einem Lazarett, wo ausschließlich Männer liegen, müssen die Mädchen auf ihr Äußeres achten. *L'Oréal, Paris. Weil ich es mir wert bin!* Wer weiß, wo du deinem Schicksal begegnest. Obwohl, was konnte man mit uns schon anfangen? Von drei Typen war doch höchstens einer normal.
Aber ich erzählte dem OMON-Typen nichts von dem Spiegel. Erstens hatte ich noch nicht gewagt, mich davorzustellen, und zweitens würde er sowieso nie die Wahrheit erfahren. Wie viel Zeit blieb ihm schon noch in seiner Schaukel?
– Dafür ist bei dir da unten alles in Ordnung, sagte er. – Dein Apparat funktioniert.
Ich sagte ja, alles bestens.
– Ich weiß nicht, was ich meiner Frau jetzt sagen soll, verdammt. Die verlässt mich bestimmt. Was meinst du, hat der Oberarzt mich angelogen?
– Keine Ahnung, sagte ich. – Eigentlich ist er ein anständiger Kerl.

Das Schlimmste im Lazarett aber waren die Träume. In der ersten Zeit, nachdem ich wieder zu mir gekommen war, hatte ich mich nicht daran erinnert, was mit uns passiert war. Wie abgeschnitten. Ich hatte sogar vergessen, wie wir in den Panzer gestiegen waren. Ich lag da in meinen Bandagen, stöhnte und konnte mich an nichts erinnern. Ich hatte Schmerzen und wartete deshalb immer nur auf die Schwester. Sie hatte kühle Hände. Das spürte man sogar durch den Verband. Zu Anfang wusste ich nicht, wie es hieß, aber dann hörte ich es. Jemand sagte: – Pramidol. Und jemand anders sagte: – Warum gibst du ihm so viel? Du hast doch noch zwei Krankensäle voll. Dann ihre kühlen Hände, eine Spritze in den Unterarm, direkt durch die Kruste, die ein wenig knistert, und die Dunkelheit beginnt zu schwanken. Sie tanzt Walzer und weicht immer mehr zurück. Ihre Stimme: – Weißt du, was für Schmerzen er hat? Lass ihn noch etwas schlafen. Die Stimme schwankt mit der Dunkelheit, verwandelt sich in ein weißes Band und schmilzt: – Weißt du, in welchem Zustand er hier eingeliefert wurde?

Deswegen wartete ich immer, dass sie käme. Ihre schmelzende Stimme mitbrächte. – Sofort, sofort, ganz ruhig. Nicht doch! Noch ein bisschen Geduld.

Später fingen die Träume an, und ich begann sie zu fürchten. Weil ich mich erinnerte. Ich sah alles im Traum.

* * *

– Scheiße, er lebt! Er lebt! schrie Genka. – Hol ihn da raus! Er verbrennt!

– Hier wimmelt es doch von Scheiß-Snipern! Serjogas Stimme. – Ich kann da nicht noch mal reinklettern.

– Dann kriech! Du siehst doch, dass mein Bein zerschossen ist?!! Kriech! Ich komm nicht ran an ihn! Paschka! Hörst du mich? Paschka?!! Da drüben im Fenster, ein Sniper! Leg ihn um, wenn Serjoga zum Panzer zurückläuft. Ich nehm die da drüben aufs Korn. Gib mir noch ein Magazin! Wo ist dieser Scheißhauptmann?!! Mach schon, Serjoga! Bist du so weit? Eins, zwei, drei! Los!
Chaotische Salven aus mehreren Maschinenpistolen. Dann ein dumpfer Schlag.
– Verfluchte Hunde! schreit Genka. Verpass ihm noch eine Granate, Paschka!
Serjoga springt zu mir in den Panzer, schützt sich mit den Armen vor den Flammen. Kugeln prasseln auf die Panzerung wie Regen.
– Kostja! Kostja! schreit er. – Lebst du? Hörst du mich?
Ich öffne den Mund. Auf Serjogas Gesicht Entsetzen. Mit den Handflächen löscht er das Feuer auf mir. Ich will die Augen schließen, aber ich habe keine Lider mehr. Sie sind verbrannt.
– Gleich ziehen wir dich raus! Der Hauptmann ist unterwegs, Verstärkung holen. Fähnrich Demidow haben sie umgelegt. Sein Walkman ist in tausend Stücke. Mein Gott! Du bist überall verbrannt! Ich dachte, du bist tot! Kostja, verzeih mir! Kostja! Ich dachte, du bist tot!
– Serjoga! Genkas Stimme. – Wo bist du denn, verdammte Scheiße?!! Mach schon, zieh ihn raus, aber schnell! Wir müssen weg! Lange können wir uns hier nicht mehr halten! Die Patronen sind bald alle!
Wieder Maschinengewehrfeuer. Dann das Dröhnen eines Unterlaufgranatwerfers.
– Paschka! Bist du so weit? Eins, zwei, drei! Los, Serjoga! Komm!

Serjoga beugt sich über mich, und vor Schmerz werde ich wach.
So hatte ich mich erinnert.
Deswegen fürchtete ich mich jetzt vor dem Schlafen. Ich hatte Angst, wenn sie mit ihrer Spritze kam.
– Was ist denn? Warum regst du dich auf? Jetzt gibt es eine kleine Spritze – und du schläfst sofort ein. Du bist ja völlig fertig. Nicht schlimm, noch zwei Minuten, und es tut nicht mehr weh. Geduld, gleich geht es vorbei.

* * *

– Nun? Tut das Bäuchlein weh? fragte der Arzt, als er sich über mich beugte. – Keine Angst. Blinddarm, das ist eine Lappalie. Jetzt schläfst du gleich ein, und wenn du wach wirst, ist alles wieder in Ordnung. Siehst du das Licht da hinten, am Ende vom Gang? Geh mal dahin. Da ist der Operationssaal.
Mein Vater und er blieben in dem Raum, wo man mich ausgezogen hatte, und ich ging in die Dunkelheit. Der Boden war kalt.
– Und nicht barfuß herumstehen! rief der Arzt mir hinterher. – Du kannst auf den Tisch klettern und dich hinlegen. Ich komme gleich.
Ich habe nur ein langes Hemd an, das fast bis zum Boden reicht. An der rechten Seite ist eine Öffnung. Rund wie ein Apfel, aber viel größer. Als hätte jemand das Hemd mit einer Wassermelone aufgerissen. Mit einer kleinen. Ich fasse durch dieses Loch meinen Bauch an und gehe weiter.
Ringsum ist es dunkel, nur da vorne leuchtet die offene Tür. Es ist niemand da. Ich gehe – einen Schritt, noch einen. Schneller zu gehen ist schwierig. Da, wo die Öffnung

im Hemd ist, tut es weh. Und ich habe kalte Füße. Es ist dunkel.
In dem Zimmer ist niemand. Es ist hell, aber trotzdem kalt. Denn es ist Herbst, und Mama sagt ständig, bis die Hausverwaltung die Heizung anstellt, können wir lange warten – anzeigen müsste man die, diese Idioten, nichts als Wodka saufen und am Telefon unflätig fluchen. Zieh dich warm an, Kostja. Sonst erkältest du dich, und dann kannst du nicht in die Schule. Wo ist dein Pullover?
Wo war er? Unter dem Sofa, da war er. Einmal habe ich ihn angezogen, und die Jungs im Hof haben mich ausgelacht und Sonnenblume zu mir gesagt. Gelbe Vögel, rosa Blumen. Aber jetzt wäre er gut. Ich würde ihn direkt über diesem Hemd mit dem Loch anziehen und mich zusammenrollen. Es tut nämlich weh. Und mir ist ein bisschen schlecht. Aber ich kann mich nirgendwo zusammenrollen. In dem Zimmer steht nur ein Bügelbrett. Mama hat fast genau so eines. Aber ohne Riemen. Und so eine Lampe hat sie auch nicht. Sie ist riesig, größer als eine Schüssel. Und da drin brennen noch vier Lampen. Ein richtiger Scheinwerfer. So was brauchen wir zum Bügeln nicht. Ich helfe ihr immer beim Bügeln.
– Was machst du denn da am Boden? Vom Korridor her kommt die Stimme des Arztes. – Na, na, steh auf. Ich hab dir doch gesagt, du sollst auf den Tisch klettern. Warum hast du dich auf den Boden gelegt?
– Der ist so schmal. Da fall ich runter.
– Komm schon. Pass auf, was fällt dir ein! Willst du dir eine Lungenentzündung holen?
– Wozu ist da so eine große Lampe?
– Komm jetzt, auf den Tisch. Genug geschwatzt. Helfen Sie ihm. Sonst steht er nie auf.

Ich drehe den Kopf und sehe Füße in Frauenschuhen auf mich zukommen. Irgendwo hinter mir redet der Arzt weiter mit männlicher Stimme: – Ist es denn zu fassen, der macht hier einen Liegestreik. Kommen Sie, heben Sie ihn auf den Tisch.

Sie hat auch kalte Hände, aber das ist mir schon beinahe egal.

– Na komm schon, ein bisschen höher.

– Es tut weh.

– Ich weiß. Gleich setzen wir dir die Maske auf – und dann geht alles vorbei.

– Was für eine Maske?

– Steh auf, dann zeige ich sie dir.

Der Tisch ist sehr schmal. Sie blickt mich mit der dunklen Hälfte ihres Gesichts an und schnallt mir die Hände fest.

– Was ist, weinst du jetzt? Unter dem Mundschutz hat sie eine andere Stimme. – Du wirst doch später mal Soldat. Soldaten weinen nicht. Guckst du gerne Kriegsfilme? ... Was? Sprich lauter. Was flüsterst du da?

Ich sage noch mal: – Ja.

– Na siehst du. Weißt du, wie es den Soldaten manchmal weh tut? Und die weinen auch nicht. Sie müssen das aushalten. Wirst du das aushalten, wenn du in den Krieg gehst?

Ich nicke, aber ich schaffe es nicht, mir die Tränen abzuwischen. Sie hat mir schon beide Hände festgeschnallt.

– Braver Junge! Jetzt reibe ich dich hier ein – es wird ein bisschen kalt, aber du musst es aushalten. In Ordnung?

Ich nicke wieder, und sie reibt mich da, wo das Loch in meinem Hemd ist, mit etwas Feuchtem ein.

– Geht es?

– Ja.

Ich kann nicht sehen, womit sie mich eingerieben hat. Ich spüre nur, dass es klebrig ist. Und es ist noch kälter geworden.
– Narkose! sagt der Arzt. Er hat auch einen Mundschutz vor dem Gesicht.
– Keine Angst, Kleiner, sagt sie. – Sitzt die Maske fest? Den Kopf nicht drehen.
Aber ich hatte nicht den Kopf gedreht. Ich hatte nur nicken wollen, dass die Maske fest saß.
– Ich stelle jetzt das Gas an, und du zählst von hundert bis eins. Rückwärts. Verstehst du mich? ... Nicht den Kopf drehen.
Ich fing an zu zählen. Aber dann vergaß ich es, weil ich versuchte, die Augen offen zu halten. Damit sie nicht meinten, ich sei eingeschlafen, und anfingen zu schneiden.
– Zählst du? ... Hör doch auf, den Kopf zu drehen. Denk an etwas Schönes.
Aber plötzlich sah ich die mit den langen Haaren. Wie sie rennt und meinem Vater den Ball ins Tor schießt. Und dann fielen mir einfach die Augen zu. Ich wollte ihnen noch etwas sagen, aber ich kam nicht mehr dazu. Ich glaube, ich wollte sagen, dass ich lieber vorwärts zählen würde.

* * *

– Und wo ist Paschka? fragte ich, als ich mich auf den Vordersitz von Genkas Jeep setzte. – Habt ihr euch etwa schon wieder geprügelt?
– Wir suchen Serjoga heute alleine, antwortete Genka. – Er hat Probleme zu Hause.
– Und warum seid ihr gestern nicht gekommen?
– Gestern hatten wir beide Probleme.

– Ich hab auf euch gewartet.
– Wenn's weiter nichts ist, grinste Genka. – Du hast doch jetzt eine neue Familie. Da konntest du dir doch sicher die Zeit vertreiben.
– Allerdings. Ich hab meinen Bruder in die Schule gefahren, zum Sportwettkampf.
– Und seine Mama? Hat sie etwa ihren Bengel bei dir abgeladen?
– Ach wo. Da waren irgendwelche amerikanischen Journalisten zu Besuch. Mit denen war sie unterwegs.
– Amerikaner? Er grinste wieder. – Wo hat dein Vater denn bloß seine Augen? Die werden ihm seine Braut entführen. Sie ist doch ganz hübsch.
– Das hatte alles mit ihrem Job zu tun.
– Den Job kenn ich. In diesen Redaktionen treiben sie es doch wie die Karnickel. Die Braut würde ich auch gerne mal näher kennenlernen. Zwecks gegenseitiger und uneigennütziger Liebe. Dein Vater ist doch nicht mehr der Jüngste. Ihr ist bestimmt langweilig mit ihm. Ob sie sich in einen Tschetschenien-Veteranen verlieben könnte, was meinst du? Oder hast du dir selbst schon die Eier eingeseift? He, Konstantin?
Ich sagte gar nichts und zog die Jacke aus. Die Heizung im Auto lief mit voller Kraft. – Bist du sauer, Kostja? Wieso? Was hast du denn mit ihr zu tun? Übrigens warst du es doch, der deinen Vater nicht sehen wollte. Wenn ich nicht gewesen wäre, wärst du gar nicht dageblieben.
– Ich bin nicht sauer, sagte ich.
– Wirf sie auf den Rücksitz. Wenn du sie in der Hand hast, zerknitterst du sie doch nur.
Als ich mich umdrehte, um meine Jacke wegzulegen, fiel ein Blatt aus der Seitentasche.

– Hoppla! Er fing es auf und lenkte mit einer Hand den Wagen weiter. – Was hast du denn da? Hast du das etwa selbst gezeichnet? Du kannst ja richtig gut zeichnen! Genial! Warum hast du das nie gesagt?
– Ich hab erst gestern damit angefangen.
– Ach komm schon! Mit einem Auge sah er auf die Straße, mit dem anderen auf das Blatt. – Und dann konntest du sofort so zeichnen?
– Vor der Armee habe ich auch ein bisschen gezeichnet. Da war einer, der hat mich gezwungen.
– Kluger Mann. Bedank dich bei ihm. Und du behauptest, Bräute interessieren dich nicht! Eine tolle Frau. Und mit langen Haaren! Ich liebe langhaarige Bräute. Wer ist das?
– Eine Bekannte meines Vaters.
– Dein Alter ist ja wirklich ein toller Hecht. Sieht aus wie ein Tattergreis, aber seine Bräute sind Spitzenklasse. Da kleben die jungen Weiber an ihm wie die Kletten. Er soll mir mal einen Tipp geben.
– Sie ist jetzt bestimmt um die fünfzig.
– Ach ja? Er schaute nun überhaupt nicht mehr auf die Straße, um ihr Gesicht genauer betrachten zu können. – Und warum sieht sie so jung aus? Willst du mich verarschen? Du bist heute irgendwie komisch drauf.
– Sieh auf die Straße, sonst fahren wir noch wem rein.
– Mach ich doch. Wieso willst du nichts von der Braut erzählen?
– Da gibt's nichts zu erzählen. Ich war damals noch klein.

* * *

Und jetzt bin ich groß. Genka ebenfalls. Wir sind erwachsen und klappern die Bahnhöfe ab, auf der Suche nach Serjoga. Der nirgendwo ist. Keiner weiß irgendwas, weder die Penner noch die Miliz. Genka kann Bullen nicht ausstehen. Ich rede, und er blickt zur Seite. Oder er sagt, ich geh Zigaretten kaufen. Dann steigst du wieder ein, und unter dir knistert es. Sie liegen überall im Jeep herum. Erst wenn du sie aufhebst, siehst du, ob es *Parliament* oder *Davidoff* sind. Genka nimmt nämlich nur die teuren. Der Traum eines Idioten hat sich erfüllt. Ein amerikanischer Jeep, und am Boden liegen Zigaretten rum. Nicht einfach *Marlboro*. In der Schule hat er vermutlich Kippen geraucht. – He, Alter. Rauchen wir eine? Eine Unterhaltung am Kulturpalast. Ich möchte mal wissen, wo sich die Clique in Frjasino getroffen hat.
– Hast du als Kind die anderen Jungs abgezockt?
Er sieht mich an und kapiert nicht.
– Ob du den Jungs Geld abgeknöpft hast?
– Ach so! Das meinst du. Er lächelt, als es ihm wieder einfällt. – Na klar doch. Was dachtest du denn?
Ich hatte gar nichts gedacht. Es war mir schon klar, dass er nicht in die Musikschule gegangen war.
– Habt ihr sie verprügelt?
– Wen?
– Die, die ihr abgezockt habt.
– Kam ganz drauf an. Aber eigentlich hab ich mich ganz gerne geprügelt. Du stehst da, redest noch mit dem Typen, und im Kopf wird dir schon so … weißt du … so fröhlich. Und hier im Bauch wird dann alles starr … Wie vor Kälte.

* * *

Der Milizionär trug eine Lederjacke. Eine schwarze, glänzende, glatte. Sie saß wie angegossen und warf fast keine Falten an den Ellbogen. Ein mittelalterlicher Wächter in seiner Rüstung. Wer muss dafür sterben, dass sie so dickes Leder bekommen? Das Mützengestell wie ein Denkmal für Gagarins Raumflug. Wenn man von unten hochguckt, wird einem schwindlig. Aber auf den hier konnte man nur von oben runtergucken. Ein kleines, lachendes Gesicht, dem es egal war, dass es klein war. Hauptsache, ein Abzeichen an der Mütze. Auf den Wangen spiegeln sich die Schulterstücke. Zwei schmale Rangabzeichen. Aber zu breit, um ihm sagen zu können: – Verpiss dich, du Armleuchter! Viel zu breit. Unter dem linken Auge so ein winziges rosa Ding. Eine Warze vielleicht, oder sonst was. Und genau auf dieses Ding hat Genka ihm eine verpasst. Ich hätte schon immer gern gewusst, was für Leute zur Miliz gehen. Die Eltern waren vielleicht als Kontingentler nach Moskau gekommen. Um beim ASLK zu arbeiten oder Radios zu reparieren. Vor ungefähr zwanzig Jahren. Der Verwandtschaft schrieb man – wir sind jetzt Moskauer. Hört sich richtig gut an. So fing man auch den Brief an. Aber sie zu Besuch einladen – unmöglich. Weil man in einem Wohnheim wohnte. Und weil man sie nicht nur für eine Nacht unterbringen müsste. Man kann schließlich nicht gut sagen, kommt mal vorbei, wir haben hier eine tolle Metro! Da können wir ein bisschen Rolltreppe fahren, und abends setzen wir euch in den Zug zurück. Was würden sie da zu Hause sagen? – Was seid ihr schon für Moskauer? Ein Wohnheim fast in Chimki, pah! Bloß Kontingentler! Sie hätten es selbst mal versuchen sollen! Die Mutter schreibt, kommt die Enkel ansehen. Dein Bruder hat schon drei. Im Herbst haben wir ein Wildschwein

geschlachtet. Nehmt doch wenigstens ein bisschen Speck mit. Witja säuft die ganze Zeit. Ist es bei euch da in Moskau schwierig mit Schweinefleisch? Als Absenderadresse auf dem Umschlag: Dorf Swischi. Und am Schluss des Briefes, wie immer, »Aufwiddersehn«. In einem Wort und mit zwei »d« in der Mitte. Was kann man da antworten? Allein schon für die Geschenke würde der Lohn nicht reichen. So vergingen zwanzig Jahre. Dann bekam man vom ASLK eine Wohnung zugeteilt. Zwei Zimmer. Aber da war die Mutter schon tot. Onkel Witja hing komplett an der Flasche. Und man musste an den Sohn denken. Dann war da noch der Bruder, aber mit dem kam man irgendwie nicht klar. Einmal war er da, vor ungefähr acht Jahren. Man hatte zusammen gesoffen und war aneinandergeraten. Er hatte gesagt: – Dein Sohn ist genau wie du! Nämlich wie? Er ist ganz normal. Als es soweit war, ist er zur Miliz gegangen. So ist das Leben.
Und da kommen Genka und ich, und Genka schlägt ihm ins Gesicht.
– Ihr seid schön blöd, sagte Marina. – Euch mit der Miliz zu prügeln.
– Ich brauch kein Jod, sagte Genka. – Das beißt.
– Ihr habt doch in Tschetschenien gekämpft. Und jetzt habt ihr Angst vor Jod. Warte, nicht den Kopf drehen. Ich reibe dich jetzt ein.
– Ich brauch kein Jod. Ich sag doch, ich mag das Zeug nicht.
– Wer mag das schon? Die Kinder schreien auch immer. Hat euch schließlich keiner gezwungen, euch mit der Miliz zu prügeln.
Aber wir hatten uns nicht geprügelt. Dieser kleine Bulle hatte nur gesagt, mit meiner Visage sollte ich nicht auf

dem Bahnhof rumhängen, sondern besser zu Hause bleiben. Um die Passagiere nicht zu erschrecken. Und Serjogas Foto hatte er uns weggenommen. Obendrein hatte Genka seinen Pass nicht dabei. Eigentlich wollte der Milizionär bloß einen kleinen Scherz machen.
Nur fehlte Genka für diese Art Humor jegliches Verständnis.
Aber dafür hatten wir den Hauptmann gefunden.

* * *

– Was für einen Hauptmann denn schon wieder? fragte Marina, als sie die Medikamente vom Tisch räumte.
– Unseren. Der mit uns im Panzer war. Als die Granate einschlug, ist er zum Blockposten gerannt. Verstärkung holen. Seine Beine waren noch ganz. Wenn er nicht gewesen wäre, hätten die Sniper uns umgelegt. Wir wären alle dageblieben.
Marina blieb mitten in der Küche stehen, wie erstarrt, die Teekanne in der Hand, und sah Genka an. Dann sah sie mich an. Dann wieder Genka.
– Was ist? fragte er. – Ich lass mich nicht mehr mit Jod bepinseln.
– Wie ist das möglich? fragte sie. – Ihr seid doch noch kleine Jungen.
– Da schießen auch keine Mädchen von den Dächern. Obwohl, manchmal kommt das auch vor … Einmal mussten wir ein Stadtviertel räumen, und da hab ich auf dem Dachboden in einer Schule …
Ich trat Genka unter dem Tisch heftig mit dem Fuß. Er verstummte und starrte mich an.
– Und weiter? fragte Marina, während sie Tee eingoss.

– Was ist da passiert in der Schule?
– Nichts, sagte er. – Könnten Sie mir nicht hier noch ein bisschen Jod auftragen? Ich glaube, hier ist noch eine Schramme. Unterdessen erzähle ich Ihnen von dem Hauptmann.
Als mein Vater hereinkam, hatte sie mit einer Hand Genkas Kopf an ihre Brust gepresst, und mit der anderen wedelte sie über ihm in der Luft herum und blies ihm dabei auf die Stirn.
– Guten Tag, sagte mein Vater. – Was geht denn hier ab?
– Hallo, sagte ich. – Marina behandelt uns.
– Sie behandelt euch? Das Gesicht meines Vaters wurde noch fremder. – Und wo sind die Kinder?
Marina ließ Genkas Kopf los.
– Ich hole sie gleich.
– Guten Tag, sagte Genka und rieb sich die Stirn.
– Was ist passiert?
Er stellte seinen Aktenkoffer auf den Boden.
– Vielleicht ziehst du zuerst den Mantel aus? sagte Marina.
Auch ihre Stimme hatte sich plötzlich verändert.
– Konstantin, ich erwarte eine Erklärung. Konstantin, hörst du mich? Kostja!
Ich hörte ihn. Genauso gut wie damals im Auto. Eifersüchtige Kuh hatte er sie genannt. Eifersüchtige Kuh. Wer braucht dich denn mit deiner Eifersucht? Sitzt da wie ein Blaustrumpf, während alle anderen sich amüsieren. Meine Mutter sah ihn an und schwieg. Obwohl sie ihn ebenfalls deutlich gehört hatte. Nur ihr Kinn begann leicht zu zittern.
– Hörst du mich, Kostja?
– Ich höre dich. Du brauchst mich nicht anzuschreien.

– Was? Was hast du gesagt?
– Ich hab dir gesagt, du sollst die Klappe halten.
Marina fuhr zu mir herum und packte mich am Arm.
– Kostja, Moment mal!
– Nein, nein, Marina, lass ihn! Was hast du zu mir gesagt, mein Sohn?
– Ich bin nicht dein Sohn. Dein Sohn wurde in Grosny getötet, als unser Panzer ausbrannte. Ich bin ein anderer Mensch. Der Junge, der Angst vor dir hatte, ist im Panzer geblieben.
– Hört auf, und zwar beide! Marina stürzte zwischen uns hin und her. – Nikolaj! Die Jungs haben sich mit der Miliz geprügelt. Die haben ihnen das Foto von dem Jungen weggenommen, den sie suchen. Wie heißt er? Ich weiß es nicht mehr! Und dann hat dieser Hauptmann ihnen geholfen. Weißt du noch, Kostja hat doch erzählt, dass er damals in Grosny mit ihnen im Panzer gesessen hat. Er hat jedenfalls seinen kleinen Sohn am Bahnhof verloren! Er wollte ihn zur Großmutter bringen. Und als er zur Miliz kam, um ihn abzuholen, hat er die Jungs gesehen, aber die Milizionäre hatten sie schon verprügelt. Und er hat ihnen versprochen, bei der Suche nach diesem Jungen zu helfen. Ich weiß nicht mehr, wie er heißt!
– Sergej, sagte Genka. – Der Junge heißt Sergej. Bloß ist er schon lange kein Junge mehr.
– So? sagte mein Vater. – Warum habt ihr das nicht gleich erzählt?
– Du hast nicht zugehört, sagte ich. – Fahren wir, Genka.
– Bleibst du denn nicht hier? fragte Marina.
– Nein, sagte ich.

* * *

Genka hatte keine Lust, mich nach Podolsk zu bringen. Er sagte: – Du übernachtest bei mir. Seine Schwiegermutter war zu Verwandten nach Rjasan gefahren.
– Am besten wäre es, wenn sie gleich dabliebe.
– Probleme?
Er sagte nichts, aber seine Miene gab mir recht. Ich stellte mir seine Frau vor – ich machte ihr einen Buckel, zeichnete ihr Falten, verpasste ihr schütteres Haar, zog ihr einen Hauskittel an und sah mir an, was dabei herausgekommen war. Daneben zeichnete ich Genka. Wie er in dreißig Jahren aussehen würde. Dann Paschka, dann Marina, dann mich selbst. Wir waren alle klein und passten rechts unten in die Ecke. Der größte Teil des Blattes blieb leer. Ich spürte, dass dort etwas war, konnte mich aber noch nicht entschließen, es anzurühren.
Am leichtesten war es, das eigene Gesicht zu zeichnen. Es war nicht älter geworden. Einfach dunkler.
– Warum bist du so nachdenklich? fragte Genka.
– Nur so. Ich überlege einfach – was mit uns wird.
– Was muß man da überlegen? Wir sind gleich da, dann gibt es Wodka.
Gegen den Wodka hatte ich nichts einzuwenden. Nach allem, was passiert war, wäre es schwierig gewesen, ohne auszukommen.
Möglich schon, aber irgendwie nicht das Wahre.
– Warte, sagte Genka, als alle schon schlafen gegangen waren. – Lass mich raten, wer das ist.
Er goss uns beiden ein, trank sein Glas aus, sah sich meine Zeichnung an und sagte:
– Der stellvertretende Fabrikleiter. Stimmt's? Ihm haben sie eine Lunge kaputtgeschossen in Urus-Martan. Ich erinnere mich. Na los, weiter.

Ich zeichnete, er runzelte die Stirn und goss uns wieder Wodka ein.
– An den kann ich mich nicht recht erinnern. Wer ist das?
Ich zeichnete ein Helmsprechgerät dazu.
– Ach! Das ist Petka, der Fahrer aus der Transportbrigade!
Ich zeichnete weiter.
– Tanjetschka – die Krankenschwester ... Die Artilleristen – bei denen hab ich Schnaps gegen Stiefel getauscht ... Der Bataillonskommandeur ... Und das ... Moment ... Was ist das?
– Eine Detonation. Eine Hohlladungsgranate brennt sich durch die Panzerung ... Jedenfalls glaube ich, dass es so passiert.
– Aha. Und was ist das?
– Da schießen die Tschechos von den Dächern.
– Wo sind die denn? Da sieht man ja nur Fenster.
– Die Flämmchen hier. Siehst du die? Jedes ist ein Schuss.
– Aber du zeichnest immer nur mit Bleistift. Bei dir ist ja einfach alles grau. Warte, ich geh mal bei meiner Tochter Buntstifte suchen. Welchen willst du? Oder alle auf einmal?
– Ach lass doch. Du weckst sie noch.
Aber er geht aus dem Zimmer und prallt unterwegs gegen den Tisch. Ich zeichne unterdessen weiter. Als er zurückkommt, stößt er wieder gegen den Tisch und lässt dabei eine Handvoll Buntstifte auf den Boden fallen.
– Lass sie doch liegen, sage ich. – Es geht sowieso besser mit Bleistift.
– Alle Achtung, sagt er und atmet mir süßlichen Wodkageruch ins Gesicht.
Er sieht sich einen Panzer an, der in einem schmalen Sträß-

chen in einen Hinterhalt geraten ist und mit dem es im nächsten Augenblick vorbei sein wird. Er sieht sich an, wie ein Soldat mit zerfetzter Brust aus einem Schützenpanzer geborgen wird. Er sieht sich an, wie einem anderen Soldaten auf der nackten Erde der Bauch zugenäht wird. Er sieht sich an, wie bei der Explosion einer Schützenmine ein Körper in die Luft fliegt. Er sieht sich an, wie unsere Jungs gebückt in den Unterstand rennen und wie einer von ihnen mit den Armen um sich schlägt und sich hinhockt wie ein Vogel, als ihn eine Kugel trifft, er das aber noch nicht verstanden hat. Genka sieht zu, wie ich zeichne, und ich höre sein Atmen in meinem Rücken.
– Moment mal, wer ist das denn?
– Unser Leutnant. Mit seinen Kindern.
– Er ist doch gefallen. Aber bei dir ist er ungefähr fünfunddreißig. Er war doch noch ganz jung. Und Kinder hatte er auch keine.
– Na und? sage ich. – Hier hat er eben welche. Er hätte doch später welche haben können.
Genka schweigt lange, sieht sich meine Zeichnungen an.
– Weißt du was? sagt er schließlich. – Gib sie mir. Alle.
– Nimm sie nur, sage ich. – Ich habe sie einfach so gemacht.

* * *

Am nächsten Morgen holten wir Paschka ab und machten uns zu dritt auf den Weg nach Jaroslawl. Genka meinte, vielleicht hätte einer von den Regimentskameraden etwas von Serjoga gehört. Wer weiß, vielleicht war er ja irgendwohin gefahren? In Jaroslawl wohnte ein Kumpel aus unserer Kompanie.

– Es hat doch keinen Zweck mehr, die Bahnhöfe abzusuchen. Die Penner haben schon alle die Schnauze voll von uns. Paschka, hast du gesehen, wie die Bullen uns die Fresse poliert haben?

Genka drehte sich nach hinten und zeigte Paschka sein Gesicht. Ich sah ihn auch an, obwohl ich seine Schrammen jetzt schon oft gesehen hatte. Aber es war das erste Mal in dieser ganzen Zeit, dass Genka direkt mit Paschka sprach.

Der drehte sich ruckartig zum Fenster, doch diese Visage starrte ihn unverwandt an. Mit Jod bepinselt. Keine Ahnung, warum Genka zur Attacke übergegangen war.

– Weißt du, was für Zeichnungen Kostja macht? Das haut dich um. Ich zeig sie dir nachher. Da sind alle unsere Jungs drauf, auf diesen Zeichnungen.

Wir waren jeden Tag unterwegs. Wir waren in Twer, wir waren in Kaluga. Wir fuhren nach Wladimir. In einer Woche klapperten wir fünf Städte ab. Ich übernachtete immer in Frjasino, mal bei Genka, mal bei Paschka, und am Morgen stiegen wir wieder in den Jeep und fuhren zu einem von den Jungs, mit denen wir in Tschetschenien gedient hatten. Wir tranken Wodka, redeten, erinnerten uns an den Krieg, hörten uns Familiengeschichten an. Manchmal sagte ich, ich würde rausgehen zum Rauchen; dann stand ich lange in irgendeinem Treppenaufgang und schlotterte vor Kälte, während ich durchsichtigen Rauch in die dunkle Luft blies. Die ersten fünf Minuten, um mich wieder zu fassen, und danach, um im Kopf das fertig zu zeichnen, wozu das Schicksal keine Zeit mehr gehabt hatte. Oder keine Lust.

Dem einen zeichnete ich ein Bein, dem nächsten eine Frau. Dem dritten seine Freunde, die gefallen waren. Dem

vierten ein gesundes Kind. Ich zeichnete diese Jungs stark, ihre Frauen schön und ihre Kinder drollig. Ich zeichnete das, was ihnen fehlte. Mit einem Stift hätte ich das nie so hinbekommen.
Aber keiner von ihnen wusste etwas von Serjoga.
– Wo warst du denn schon wieder? fragte Genka, wenn ich in die Küche zurückkam, wo man vor lauter Zigarettenqualm keine Luft mehr bekam.
– Rauchen.
– Willst du uns verarschen? Lass uns fahren. Das war wieder mal für die Katz heute.
– Na dann, Kumpel, sagte Genka, wenn er sich verabschiedete. – Können wir dir vielleicht Medikamente bringen? Was haben die Ärzte dir verschrieben?
Mit der Zeit fuhren wir dieselben Orte alle noch einmal ab. Machten eine zweite Runde. Und manchmal eine dritte. Je nachdem, ob wir alles auf einmal mitbringen konnten.
– Sieh mal, hier hast du was für die Leber. Und das hier ist für den Blutkreislauf. In der Apotheke haben sie mir gesagt, das würde sagenhaft gut helfen. Da kannst du wieder Bäume ausreißen. Und das sind Vitamine – kann man auch immer gut gebrauchen.
– Und das Blutdruckmessgerät?
Genka sah ihn an, dann mich und dann Paschka.
– Ach, verdammt. Wieso habt ihr auch nichts gesagt? Schon gut, Kumpel, wir bringen dir das Ding nächstes Mal mit.
Nachher fing er an, ihnen Geld dazulassen.
– Weißt du, kauf dir selbst was. Oder deiner Frau. Hier gibt's zwar nicht viel, aber wozu sollen wir hin und her brettern? Schon gut, lass doch ... Wir rechnen später ab. Die Erde ist rund – da geht nichts verloren. Man sieht sich immer wieder.

Paschka sah zu, wie Genka das Geld verteilte, und ich spürte, dass er auf dem Rückweg anders hinten im Wagen sitzen würde. Natürlich würde er sich nicht nach vorne setzen – obwohl es mir egal gewesen wäre –, aber auch nicht mehr ganz in die Ecke, direkt an die Tür, das Gesicht um neunzig Grad von jenem Punkt weggedreht, wo Genkas Hinterkopf begann.

Doch über Serjoga erfuhren wir rein gar nichts.

* * *

Wie zeichnet man das Warten? Eine unendliche gerade Linie, die nirgends anstößt? Von dem Blatt, auf dem du angefangen hast, sie zu zeichnen, bleibt nur die Erinnerung. Weiß und quadratisch. Aber da könnte eine Zeichnung sein. Eine Katze oder ein Hund. Oder ein Kind und ein Haus. Aber du hast angefangen, eine Linie zu zeichnen. Jetzt kannst du nicht mehr aufhören.

Eine russische Frau in Grosny. Um die fünfzig. Sie weinte, als wir ankamen und vom Panzer sprangen. Vielleicht hatte sie auch vorher schon geweint. Ihr Mann war nämlich Tschetschene. Sie hatten zusammen studiert, am Pädagogischen Institut. In der Untersuchungshaft in Tschernokosowo hatten sie ihn totgeprügelt. Unsere Soldaten. Vor dem Krieg hatte er Biologie unterrichtet. Sie hatte sich dann mit anderen russischen Frauen in einem Keller versteckt, zusammen mit den Kindern. Bis die Tschetschenen Granaten hineinwarfen. Zuerst eine, dann eine zweite und dann anscheinend noch eine dritte. Sie weiß es nicht mehr genau. Sie weiß nur, dass sie niemanden mehr hat. Sie erinnert sich an die Explosionen, und an die Gesichter der Kinder erinnert sie sich auch.

Wenn einer im Gefängnis sitzt, hat er eine Frist. Er weiß, was ihn erwartet. Aber ich habe nicht mal das. Sprühregen im Gesicht, wir stehen in einer Pfütze. Die Maschinenpistolen scheppern, weil wir in der Pfütze von einem Fuß auf den anderen treten. Wir warten auf das Kommando. Es raucht nicht mal einer.
Wie zeichnet man das Warten?
Die gerade Linie läuft jetzt im Zickzack und skizziert einen Regenschleier. Darin kommen Bäume zum Vorschein, dann eine Straße, niedrige Wolken und schließlich wir drei. Wir schweben über der Straße wie drei düstere Schatten. Vor uns ist niemand. Nur ein Rabe fliegt krächzend von einem Baum auf. Wir lösen uns im Dunst auf.
Das Blatt wird grau.

* * *

– Wartet hier auf mich, sagt Paschka und steigt aus. – Ich muss etwas für den Haushalt kaufen.
Sobald er die Tür zuschlägt, steckt Genka sich eine Zigarette an und beginnt, mit den Fingern aufs Steuer zu trommeln.
– Hör auf, sage ich nach einer Minute.
– Was?
Er blickt mich verständnislos an. Als sei er gerade aufgewacht.
– Hör auf mit dem Getrommel.
– Aha. Er nickt. – In Ordnung.
Einen Augenblick später:
– Hör mal, Kostja.
– Was?
– Wegen dieser Zeichnungen …

– Was für Zeichnungen?
– Na, du weißt schon, bei mir zu Hause, die Zeichnungen, die du gemacht hast? Über den Krieg?
– Ich weiß.
Er schweigt eine Weile und macht drei hastige Züge.
– Da sind viele von uns gefallen. Schade um den Leutnant. Erinnerst du dich an ihn?
Ich nicke, obwohl ich weiß, dass er mich nicht ansieht. Aber ich weiß, dass er weiß, dass ich nicke.
Weil es eine bescheuerte Frage ist.
Aber vielleicht ist sie gar nicht so bescheuert, wenn man bedenkt, wie wenig Zeit der Leutnant hatte, um uns in Erinnerung zu bleiben. Zwei Wochen. Eine Woche und fünf Tage. Am dreizehnten Tag war er nämlich schon *Fracht 200*. Obwohl er sagte, er würde nicht an die Zahl dreizehn glauben. Auch nicht an schwarze Katzen. Und überhaupt an diesen ganzen Mumpitz nicht. In der Ausbildung hatten sie ihm erzählt, das alles würde nicht existieren. Es gebe nur taktische Fähigkeiten und den mutmaßlichen Gegner. Aber wir wussten, dass es das alles gab. Deswegen hatten wir gelernt, das Kreuzzeichen zu machen. Zu Anfang nicht ganz richtig, da ist die Hand noch ungeübt. Du berührst Stirn und Bauch – so weit, so gut, weil du ganz genau weißt, dass man es so macht, aber mit den Schultern, welche zuerst, das war ein Problem. Wir konnten uns nicht auf Anhieb merken, ob zuerst die linke oder die rechte. Manche kamen gar nicht so weit, es sich zu merken. Deswegen achteten wir noch mehr auf die Schultern. Denn wer weiß, am Ende war er über diesen Draht gestolpert, nachdem er sich falsch rum bekreuzigt hatte.
Aber dann wurde es leichter. Die Hand gewöhnt sich daran. Sie bewegt sich wie von selbst. Man braucht nur die

Maschinenpistole über die Schulter zu werfen. Oder zu hören, wie sie dort in den Ruinen schreien.
Die rechte Schulter, dann die linke. Von rechts nach links. Nicht wie beim Schreiben, sondern umgekehrt. Rechts – links, rechts – links. Wie der Verschluss an der Maschinenpistole. Nur nicht so schnell. Schließlich ist es eine Hand und kein Verschluss. Aber wenn ich gekonnt hätte, wäre ich genauso schnell gewesen. Es war nämlich nötig.
In den Ruinen schreien sie: – Allah'u akbar! Und dann fängst du an, von rechts nach links. Jetzt verwechselst du nichts mehr.
– Erinnerst du dich an den Leutnant? fragt Genka.
Ich nicke zur Antwort.
In die Stirn und in den Bauch. Um auf Nummer sicher zu gehen. Vielleicht haben auch zwei Sniper gleichzeitig geschossen. Keine Ahnung. Konkurrenz vermutlich. Für Offiziere bekamen sie mehr Geld. Wer von den beiden wohl etwas für unseren Leutnant bekommen hat?
Zuerst die Stirn, dann der Bauch, dann die rechte Schulter, dann die linke. Es ist wichtig, das nicht zu verwechseln. Der Pope, der uns alle getauft hat, hat es uns erklärt. Weshalb die Stirn zuerst, warum dann der Bauch, und wieso danach die rechte Schulter. Welcher heilige Geist an welcher Stelle sitzt. Aber der Pope war bald tot, und er kam nicht mehr dazu, uns das so oft zu erklären, dass wir es uns hätten merken können. Also haben wir es uns nicht gemerkt.
– Kompanie! Rechte Schulter vor!
Wahrscheinlich hat das Geld der bekommen, der die Stirn getroffen hat. Obwohl, wie konnte er beweisen, dass es seine Kugel war? Knete ist Knete. Der Zweite war bestimmt auch kein Idiot. Wer sagt schon nein, wenn er die

Kohle für umsonst bekommt? Er hat sie genommen und behauptet, er hätte unserem Leutnant auf die Stirn gezielt. Obwohl, die Typen sind alle so religiös drauf. Nach dem Motto: Gott sieht doch sowieso alles.

Obwohl es Allah ist und nicht Gott.

Aber Geld ist Geld.

– Hör mal, Kostja, sagt Genka. – Ich wollte mit dir noch über die Kohle reden.

– Welche Kohle?

– Na über das Geld, weswegen Paschka und ich …

– Das hab ich alles schon hundertmal gehört.

– Nicht doch. Ich wollte dir was anderes erzählen.

– Nämlich was?

– Was anderes.

Aber ich wusste sowieso schon, was er mir jetzt sagen würde. Weil wenn Genka redet, ist von vornherein alles klar. Man weiß, was er sagen will. Bloß der Leutnant wusste das nicht. Als er noch am Leben war. Deshalb wunderte er sich, als Genka wegen eines erschossenen Kameraden zurückkehren wollte. – Man lässt seine Jungs nicht im Stich, Leutnant, sagte er. Und ich wusste, dass er genau das sagen würde. Ihm steht immer alles ins Gesicht geschrieben. Obwohl er meint, dass er sehr clever ist. Und alle übers Ohr hauen kann. Ich weiß es nicht. Jemand anderen vermutlich. Aber nicht mich. So wie mit diesem Geld. Das heißt, zuerst hatte ich nicht verstanden, wer sich das Geld unter den Nagel gerissen hatte, aber dann war mir alles klargeworden. Nachdem ich mit ihm im Jeep gefahren war.

Der Leutnant sagt also zu ihm: – Aber er ist doch schon tot. Und Genka wieder: – Man lässt seine Jungs nicht im Stich, Leutnant. Und wieder hatte ich gewusst, dass er genau das sagen würde. Im Funkgerät die ganze Zeit das Gebrabbel der Tschechos: – Leutnant, hol deine Leute hier weg. Hörst du, he, Leutnant! Wir kommen jetzt. Wir machen Hackfleisch aus euch. Hol deine Leute weg, Leutnant. Und Genka sagt: – Unterhalte du dich so lange mit den Kanaken. Und ging weg. Als er wiederkam, sprachen die Tschechos den Leutnant im Funkgerät schon mit Namen an: – Sascha, hörst du mich, Sascha? Sag deinen Leuten, sie sollen diesen Scheiß-Hubschrauber zurückrufen. Und haut ab. Haut sofort ab. – Du bist ein Idiot, Leutnant, sagte Genka. – Du würdest denen wohl auch noch deine Adresse geben. Zwei Tage später wurde der Leutnant erschossen. In die Stirn und in den Bauch. Zwei Kugeln. Nicht mal aus einem Snipergewehr. Mit einer ganz gewöhnlichen Kalaschnikow ballern sie aus einem halben Kilometer Entfernung. Und aus simplen Rohren basteln sie Granatwerfer.

Die Stadt der Handwerker. Als ich klein war, gab es mal einen Märchenfilm, der so hieß.

Und jetzt sieht Genka mich an und sagt:

– Ich hab das Geld genommen.

Ich sehe, wie Paschka auf den Jeep zukommt.

– Hörst du, Kostja.

Genka tippt mir auf die Schulter.

Da sage ich:

– Ich weiß.

Paschka öffnet die Tür und setzt sich auf den Rücksitz.

– Nicht zu fassen, sagt er. – Die haben wirklich alles, nur Geschirr für die Mikrowelle, das haben sie nicht.

* * *

– Schon gut, lass doch, sagte Genka. – Lass sie liegen. Scherben bringen Glück.
– Hier laufen Kinder rum, sagte ich. – Nachher treten sie noch rein.
Und ich begann die Scherben einzusammeln. Zumal ich sowieso schon unter den Tisch gekrochen war und Kraft schöpfen musste, um mich wieder aufzurappeln. Unter dem Tisch. Damit mir nicht mehr so schwindlig wäre.
– Pass auf, schneid dich nicht, sagte Genka von oben. – Alles in Ordnung da unten?
– Alles klar.
– Hast du dich geschnitten?
– Ja.
Meine Worte wurden immer kürzer, weil ich für lange erst Kraft sammeln musste.
– Wir haben dir schon eingegossen.
– Ich komme.
Auch die Stimme ist irgendwie anders. So gedehnt. Doch vorläufig erkenne ich sie wenigstens noch – meine Stimme.
– Diese kleinen Splitter, verdammt, sage ich mit meiner Stimme.
– Das muss man mit dem Lappen machen, sagt Paschka mit seiner Stimme.
– Keiner da, sagt Genka. – Ich hab ihn weggeschmissen. Wir haben dir schon was eingegossen. Wo bist du?
– Hier.
Genka quatschte noch mehr, weil ich es eilig hatte. Weil ich nicht scharf darauf war, dazusitzen und zuzuhören, wie sie schweigen. Warum sollte ich mich anstrengen? Es war ja nicht mein Geld. Das, was Genka genommen hatte. Deswegen sagte ich: Wenn ihr nicht mehr wollt, auch gut,

aber ich nehme sicher noch einen. Davon wurden meine Worte allmählich immer kürzer. Und nicht mal allmählich, sondern ziemlich schnell. Zuerst wurde mir innen ganz schwummrig, dann wurden die Worte kurz. Weil ich sie auch nicht unbedingt brauchte. Du streckst die Hand aus und gießt ein. Oder nickst einfach nur. Selbst wenn sie nicht fragen. Du sitzt in dir selbst wie in einem Raumschiff. Auf Fragen gibst du keine Antwort. – Bodenkontrolle, ich höre Sie nicht. Schlechter Empfang. Können Sie mich hören? Over. Die Leitzentrale taugt überhaupt nichts. Wo ist denn hier die Bremse? Du sitzt da und guckst in einen luftleeren Raum. Ganz erstaunt. Weil in den Bullaugen alles so trüb ist. Und nicht mal blau. Aber Sprit haben wir noch bis zum Abwinken. Das ist erfreulich.

– Willst du noch lange da hocken? Genkas Stimme aus der Flugleitzentrale. – Der Wodka wird sauer.

– Gleich.

Du sprichst langsam, weil die Verbindung jetzt überhaupt nichts mehr taugt. Eine schlechte Verbindung. Im Kosmos lauter kosmischer Scheiß – Meteoriten, Sterne, Nebel. Vor allem Nebel. Nichts als Störungen. Endloses Gedränge. Anstatt dass alle zu Hause bleiben würden.

Aber plötzlich wird die Verbindung besser. Fast normaler Empfang.

– Trinken wir auf Serjogas Hin- und Hergerenne! Wen hat er nach uns rausgezogen?

– Michalytsch.

– Also auf den Fahrer Michalytsch!

Wir sind still. Ich wische mit der Handfläche mein Blut vom Boden. Zwecklos. Es tropft sowieso. Nach kurzem Schweigen wieder ganz anständiger Empfang.

– Und danach?

– Danach den Hauptmann, glaub ich.
– Also den nächsten auf den Hauptmann.
Ich versuche, Verbindung aufzunehmen. Direkt unter dem Tisch hervor.
– Was redest du da? Kostja, grunz nicht so. Komm jetzt wieder hoch. Meine Frau sammelt das nachher auf. Sieh mal, du hast den ganzen Boden mit Blut beschmiert.
Sorgfältig nehme ich Verbindung auf.
– Der Hauptmann war zuerst. Dann Michalytsch.
Schweigen im Äther.
– Bist du sicher?
– Ja.
– Na gut. Dann trinken wir jetzt einen auf den Hauptmann. Und hinterher noch mal auf Michalytsch.
Ich sage: – Und auf Serjoga.
Sie sagen: – Und auf Serjoga.
Ich sage: – Weil er nirgendwo ist.
Ich winde mich unter dem Tisch hervor. In der rechten Hand die Splitter.
– Ich hab dir doch gesagt, du schneidest dich, verdammt. Gib her.
– Kann ich alleine.
Aber ich bin trotzdem froh. Weil wir wieder zu dritt sind. Und nicht mehr jeder für sich. Ringsum ist nicht mehr der Kosmos. Sondern Genkas Küche. Die Splitter habe ich alle aufgesammelt.
Genka sagt: – Wieso bist du so vergnügt?
Ich sage: – Ich muss grinsen.
Er sagt: – Das sehe ich.
Ich sage: – Gieß ein.

* * *

Wir fuhren nun schon fast zwei Wochen in Moskau und anderen Städten umher. In einem halben Monat hatte ich in Genkas Jeep so viel gesehen wie vorher sicher in drei Jahren nicht. Die Welt ringsum war eine ganz andere geworden, und es machte mir Spaß, sie durch das Autofenster zu betrachten. Zumal die Scheiben getönt waren. Ich hätte auch vorher nichts dagegen gehabt, im Auto zu fahren, um mit meinem Gesicht nicht die Passanten zu erschrecken, aber es hatte mich keiner eingeladen. Bis die Ärzte den Verband endgültig abnahmen, war es nicht so schlimm, in der Stadt herumzulaufen, aber danach war es etwas anderes. Vor allem, wenn ich Bekannte traf. Ich weiß nicht einmal, wem es unangenehmer war, mir oder ihnen. Weil man sich Mühe geben musste. So tun musste, als würde man gar nichts bemerken. Deshalb war ich meistens zu Hause oder in den Wohnungen, die ich renovierte. Mit den Besitzern kommunizierte ich per Telefon. Und wenn sie vorbeikamen, hatten sie im Allgemeinen was anzugucken. Sie brauchten sich nicht groß zu verstellen.

Durch das Autofenster sah die Welt ein bisschen flach aus, aber ich schaute sie mir trotzdem gerne an. Auch wenn sie unentwegt an mir vorbei nach hinten rechts lief. Später dann lief sie nach hinten links. Das war auch gut. Paschka hatte sich nämlich endlich auf meinen Platz gesetzt. Ich weiß nicht, worüber Genka und er gesprochen haben in der Nacht, als ich mir unter dem Tisch in die Hand schnitt, aber über irgendwas müssen sie ganz offensichtlich geredet haben. Und jetzt saß Paschka auf dem Vordersitz. Sie diskutierten sein *business*. Beziehungsweise Genka diskutierte. Und Paschka nickte hin und wieder. Aber das war ihre Art zu diskutieren. Paschka konnte gar nicht anders diskutieren.

Ich saß hinten und zeichnete. Genka beschwerte sich fast gar nicht, dass er so langsam fahren musste. Und manchmal sogar stehenbleiben. Damit ich einen Hund zeichnen konnte. Oder einen Bullen. Und das Mädchen, das der Bulle so ausgiebig betrachtete. Es war nämlich eine Menge los. Da draußen. Bald war der ganze Boden des Autos mit Papier übersät.
– Ich sag dir, nimm Buntstifte, wiederholte Genka ein ums andere Mal. – Bei dir sieht man überhaupt nicht, ob die Ampel rot oder grün ist.
– Die Autos fahren doch gerade los, sagte ich. – Siehst du das nicht? Also ist sie grün.
– Könnte auch sein, dass sie stehen.
– Was du immer hast. Fahr weiter, wir haben genug herumgestanden.
Wir fuhren. Und ich zeichnete. Das Zeichnen machte mir sogar mehr Spaß, als aus dem Fenster zu gucken. Ich wollte, dass die ganze Welt bei mir war, auf dem Papier. Wenn ich wieder nach Hause kam. Denn der Fernseher zeigte einem ja ganz etwas anderes. Ich hatte plötzlich begriffen, dass alles ganz anders war. Die Linien, die Farben, selbst das Licht. Obwohl es natürlich schwer ist, das Licht mit dem Bleistift zu zeichnen. Da hatte Genka nicht unrecht. Aber ich gab mir Mühe.
Damit alles noch da wäre, wenn wir Serjoga fänden.
Aber wir fanden ihn nicht. Wir fuhren noch einmal alle Bahnhöfe ab, aber niemand hatte ihn gesehen. Als ich klein war, sagte Mama immer: – Er ist wie vom Erdboden verschluckt. Wenn sie am Abend darauf wartete, dass mein Vater von der Arbeit zurückkam. Und aus dem Fenster sah. Noch bevor er uns endgültig verließ. Ich sagte: – Verssluckt, und sie musste lachen. Aber dann sah sie wie-

der aus dem Fenster. So wie ich jetzt. Bloß waren damals weder Genka noch Paschka dabei.
Außerdem sagte sie, man müsse warten können. Man müsse warten und glauben können. Dann würde sich alles finden. Aber ich wusste nicht, was sie meinte. Also wartete ich auf das, was ich verstehen konnte – dass das Schuljahr zu Ende ging, dass es Geld für ein Fahrrad gab, dass der Mathelehrer krank wurde, und später dann darauf, dass der Direktor Alexander Stepanowitsch vom Schwarzen Meer zurückkäme und wir wieder zeichnen würden, doch er kam nie wieder.
Einmal hatte ich ihm erzählt, was Mama immer vom »warten und glauben« sagte. Weil ich damals schon wusste, dass sie vergebens glaubte und wartete. Doch er sagte, ich sei ein Trottel.
– Steck dir deine Ironie sonst wohin. Du hast doch davon keinen blassen Schimmer, bevor du nicht mal ordentlich auf die Schnauze gefallen bist. Und hinterher vielleicht auch nicht. Aber wenn du willst, kann ich dir was erzählen.
Ich sagte ja.
– Dann hör zu. Warten – das bedeutet Dankbarkeit empfinden. Du freust dich einfach, dass du etwas hast, worauf du warten kannst. Du siehst aus dem Fenster und denkst: Danke dir, Herr. Und danke allen anderen. Der Taube, dass sie vorübergeflogen ist. Dem Hund, dass er vorbeigelaufen ist. Verstehst du?
– Nein, sagte ich.
– Du bist so ein Trottel! Wenn du Glück hast, verstehst du es irgendwann. Und dann wirst du so dankbar sein, dass es dir egal ist, wie lange du gewartet hast.
– Soll ich mich etwa bei den Vögeln bedanken?

– Du Trottel, hatte er gesagt und sich einen Wodka eingegossen.
Jetzt blickte ich aus dem Fenster von Genkas Jeep und verstand, was er mir hatte sagen wollen.
– Mach das Fenster zu, murrte Genka. – Es ist kalt.

* * *

Zwei Tage später tauchte Serjoga von allein wieder auf. Wir saßen wieder mal zu dritt bei Genka in der Küche und tranken Tee, als unten am Jeep die Alarmanlage losging.
– Verdammt, ich reiß diesen Jungs den Kopf ab, sagte Genka und ging zum Fenster.
Wir konnten da schon keinen Wodka mehr sehen. Selbst Genkas Frau sagte, sie hätte gar nichts mehr zu meckern.
– Ihr könntet euch ja mal was Neues ausdenken. Deshalb saß sie jetzt bei uns, aß Konfekt und sah sich an, was ich gezeichnet hatte. Am besten gefiel ihr ein Pekinese, der in einer Schneewehe herumsprang, und hinter ihm her hüpfte eine große Krähe und zerrte an der Hundeleine. Die Krähe meinte, eine Maus liefe vor ihr davon.
– Und was ist das? fragte Genkas Frau.
– Das sind Kinder.
– Warum sitzen die so? Mit untergeschobenen Händen?
– Ihre Eltern sind ins Restaurant gegangen und haben sie bei den anderen Kindern gelassen. Sie warten.
– Warum spielen sie nicht?
– Sie mögen die fremden Kinder nicht.
– Ach so. Und was ist das?
– Die Eltern sind nachts zurückgekommen, und die Kinder liegen schlafend am Boden. Jetzt ziehen die Eltern sie an. Es ist nämlich Winter, und sie brauchen warme Jacken.

Aber die Eltern sind betrunken, und die Kinder schlafen.
– Hast du dir das etwa alles ausgedacht?
– Nein, das ist mir wieder eingefallen. Ich hab mir einfach überlegt, wie man das Warten zeichnen kann.
– Und was ist das?
– Hier wartet ein Mann darauf, dass man ihm den Gips abnimmt. Die Krankenschwester ist rausgegangen, und er sitzt da und wartet. Sie gehen immer raus.
– Hört mal, sagte Genka, der in die Dämmerung hinaussah.
– Das sind keine Jungs. Da steht irgendein Kerl. Der guckt hier rüber. Wieso zum Teufel rammt der mein Auto?
– Wer ist das? fragte Genkas Frau.
– Kann ich nicht erkennen. Es ist schon dunkel. Kommt mir irgendwie bekannt vor.
– Lass mich mal sehen.
Sie ging zum Fenster, gefolgt von Paschka. Ich ging nicht hin, weil ich schon wusste, wer da unten stand. Dazu brauchte ich nicht aus dem Fenster sehen. Weil es so sein musste. Genau so. Er war gekommen und hatte das Auto gerammt.
Damit hatte mein Warten ein Ende.
– Gehen wir runter, sagte ich. – Das ist Serjoga. Er hat die Nummer von deiner Wohnung vergessen.

* * *

Gewöhnlich vergehen ungefähr drei Tage, bis du dich daran gewöhnt hast, dass ein Freund gestorben ist. Nicht ein Tag und nicht zwei. Manchmal reichen auch drei nicht. Jedes Mal, wenn du an ihn denkst, sagst du dir: Er ist gestorben. Aber du spürst selbst, dass das falsch ist. Nicht weil er nicht gestorben wäre, sondern weil du noch nicht bereit bist, diese Worte zu sagen. Sie tönen, aber sie sind leer.

Haben keinen Bezug zum Leben. Zwischen ihnen und der Realität liegt eine Leere.
Du spürst diese Lücke und verstehst nicht, was darin ist. Daher wiederholst du so oft wie möglich: Er ist gestorben, er ist gestorben, er ist nicht mehr da. Und trotzdem ist es falsch. In den ersten drei Tagen wenigstens. Danach geht es einigermaßen.
Bei einer Frau ist es vermutlich das Gleiche, wenn sie ein Kind zur Welt bringt. Erst heißt es: – Pressen, pressen, und plötzlich sagt sie sich: – Ich bin Mutter. Wie lange dauert es, bis sie das versteht? Und es nicht nur sagt. Wohl auch etwa drei Tage. Sie geht durch die Entbindungsklinik und sagt: – Ich bin Mutter. Gleich bringen sie mir das Kind. Sie betrachtet die Informationen an den Wänden, die Plakate, hält ihren Morgenrock am Hals zusammen und gewöhnt sich allmählich daran – aha, das betrifft ja mich. Ich bin Mutter. Aber trotz allem brauchst du wohl etwa drei Tage, bis du verstehst, dass du Mutter bist. Oder dass ein Freund gestorben ist.
Aber Serjoga war nicht gestorben. Er war nur zwei Wochen verschwunden und dann von allein wieder aufgetaucht. Und wir konnten jetzt nach Hause fahren. Beziehungsweise ich konnte nach Hause fahren. Genka und Paschka blieben ja in Frjasino.

* * *

Also fuhr ich. Allerdings nicht direkt nach Hause, sondern zuerst zu meinem Vater. Ich weiß nicht, warum ich mich entschloss, bei ihm vorbeizufahren. Ich hatte irgendwie das Gefühl, als müsste ich ihm noch etwas sagen. Ich weiß selbst nicht was. Aber ich hatte so ein Gefühl.
Genka zuckte deshalb nur die Achseln. Er sagte: – Wenn

du nicht willst, bitte sehr, mir soll's recht sein, aber bist du sicher, dass es dir nichts macht, mit dem Zug zu fahren? Ich sagte: – Seit wann bist du so besorgt? Dann fuhr ich. Ich wollte alleine mit dem Zug fahren.
Aber mein Vater war gar nicht zu Hause. Nur Slawka war da. Er saß in seinem Zimmer und schrieb irgendwas. Dabei flüsterte er vor sich hin – Schiff-Schiffe, Kranich-Kraniche. Er sah aus dem Fenster und zupfte sich an den Ohren. Ich sagte zu ihm: – Was machst du da? Er antwortete: – Wir sollen als Hausaufgabe selbständig die Mehrzahl durchnehmen. Dann schwiegen wir lange. Beziehungsweise er flüsterte, und ich hörte ihm zu. Meinem Bruder. Wie er die Mehrzahl lernte.
Bis er mich fragte, wer Barmalej ist. Ich sagte, das sei ein Räuber, der sei zuerst böse gewesen, dann hätte er sich gebessert und Doktor Aibolit geholfen, wieso … ? Und er sagte – nichts, bloß hätte seine Mama ihn in letzter Zeit oft so genannt, und er wüsste nicht, wer das ist. Er hätte keine Trickfilme von ihm.
– Soll ich ihn zeichnen? fragte ich.
Und er antwortete:
– Ja.
– Dann gib mir einen Bleistift.
Während ich zeichnete, erzählte Slawka mir Geschichten aus der Schule. Dass Dimka dreißig Liegestütze kann und Lyssy mit dem Finger an seinem Zahn wackelt, dass aus einer anderen Schule ein neues Mädchen gekommen ist und sich die Jungen ihretwegen prügeln, dass Slawka selbst mit einem Aufgabenheft nach Lyssy geworfen hat, aber der ist ausgewichen, und das Aufgabenheft ist in eine Scheibe geknallt, und hinter der Scheibe war eine ausgestopfte Ente und noch eine ausgestopfte weiße Eule, und überall war

Glas, und Marija Nikolajewna schrie, keiner soll da hingehen, und brachte Slawka zum Direktor, und der Direktor sagte, die Eltern sollten kommen, aber Marija Nikolajewna sagte, sie kämen nicht mal zum Elternabend und hätten auch nichts für die Renovierung der Klasse gegeben, und der Direktor fragte, warum, und Marija Nikolajewna sagte, sie wüsste es nicht.

– Und warum gehen sie nicht zum Elternabend? fragte ich, während ich einen Säbel zeichnete, der aussah wie ein krummes Beil.

– Sie streiten sich, sagte Slawka. – Sie haben sich auch an dem Tag gestritten, als der Elternabend war. Mama hat gesagt, sie würde das Geld für die Renovierung der Klasse später selbst hinbringen.

– Und warum streiten sie sich?

– Weil wir zur Oma fahren.

– Zu welcher Oma?

– Zu meiner. Die Mama von meiner Mama. Und Papa bleibt hier alleine.

– Wie, er bleibt hier? Für immer?

– Weiß ich nicht. Mama hat gesagt, er soll seinen Kopf behandeln lassen. Und dann hat sie noch gesagt, wir würden das nächste Quartal am Meer zur Schule gehen. Vielleicht auch das ganze Halbjahr. Kannst du schwimmen?

– Ja, sagte ich.

– Stimmt es, dass man im Meer wegen dem Salzwasser nicht untergehen kann? Lyssy hat gesagt, das Salz würde einen von selbst an die Oberfläche tragen. Stimmt das?

– Weiß ich nicht. Ich bin noch nie im Meer geschwommen.

– Überhaupt noch nie? Er stützte sich mit den Ellbogen auf und blickte mir ins Gesicht. – Ich aber bald.

– Da hast du Glück, sagte ich. – Und was sagt der Vater?
– Nichts. Er sagt, Mama ist eine Kuh. Und trinkt Wodka.
– Aha … Also schau mal her – das ist der Räuber Barmalej. So sieht er aus.
– Er ist gar nicht zum Fürchten.
– Stimmt. Er ist eigentlich ulkig. Hast du denn das Buch nicht?
– Nein. Ich hab nur Disney-Bücher – *Die Schöne und das Biest*, *Arielle, die Meerjungfrau*, *Aladin*. Soll ich die holen?
– Nein, lass nur. Ich glaube, ich gehe jetzt.
– Willst du nicht auf Papa warten?
– Nein. Jetzt wohl nicht.
An der Tür drehte ich mich um:
– Weißt du was?
Slawka sah mich bereitwillig an.
– Sag dem Vater, dass wir unseren Freund gefunden haben. Der, den wir gesucht haben. Beziehungsweise, er hat uns gefunden. Er hatte einfach seine Wohnung vermietet und war in der Zeit auf der Krim.
– Im Meer baden?
– Glaub ich nicht. Jetzt ist es zu kalt. Er hat da einfach noch andere Freunde.
– Wann kann man denn im Meer baden?
– Im Sommer. Na ja, im Frühling auch ein bisschen. Aber das Wasser ist kalt.
– Und ich dachte, man könnte sogar im Winter baden, sagte er gedehnt und enttäuscht. – Da ist doch Süden.
– Sei nicht traurig, sagte ich. – Die Zeit vergeht sehr schnell. Eh du dich versiehst, ist es schon Sommer. Und so lange kannst du ins Schwimmbad gehen.
Er zuckte die Achseln und senkte den Kopf.
– Ich wollte aber ins Meer.

– Kopf hoch! Ich strich ihm über die Haare. – Es kommt alles in Ordnung. Sagst du dem Vater, was ich dir erzählt habe?
Er seufzte und sah mich wieder an:
– Mach ich. Kommst du uns mal besuchen?
– Wo?
– Am Meer.
Ich sah ihn an und wusste nicht, was ich sagen sollte.
– Ich versuche es.
– Wirklich?
– Du kannst dich auf mich verlassen.
Ich streckte ihm die Hand hin, er drückte sie und machte die Tür hinter mir zu.
– Das zweite Schloss auch, sagte ich laut, damit er mich hörte.
– Mama macht tagsüber nur ein Schloss zu, sagte er gedämpft hinter der Tür.
Einen Augenblick später verließ ich das Treppenhaus und stieß einen tiefen Seufzer aus. Hunde liefen im Hof herum. Der Schnee glitzerte grell in der Sonne.

* * *

In Podolsk lag noch mehr Schnee. Er knirschte unter den Füßen, verfing sich in den Haaren, klebte an den Schuhen. Die Leute sprangen aus dem Zug, fuchtelten mit den Armen und liefen nach Hause. Aber mir gefiel es, gemächlich zu gehen. Das Gesicht in den Schnee zu halten.
Weil er kalt ist. Und weil ich wusste, dass ich mich nicht mehr beeilen musste.
– Sag »Paket«, sagte eine Frau vor mir zu ihrem Kind.
Der Knirps drehte den Kopf, schüttelte die Schneeflocken ab, lachte und lutschte einen Chupa Chups.

– Sag »Paket«.
– Keine Lust.
– Sag »Paket«.
– Mach ich nicht.
– Ich lass dir keine Ruhe, bis du es sagst.
Der Knirps zog den Lutscher aus dem Mund und feuerte los wie ein Maschinengewehr:
– Kapet, Kapet, Kapet!
Sie fing an zu lachen und sagte:
– Falsch. Sag noch einmal »Paket«.
Ich hob den Kopf. Der meiste Schnee wirbelte um die Laternen herum. Richtige Wolken.

* * *

– Sieh mal an, bist du wieder zurück? sagte Olga, als ich ihr die Tür aufmachte. – Ich war schon ein paar Mal da, aber bei dir war es immer totenstill. Ich dachte schon, es wäre was passiert.
– Ach wo, es ist nichts passiert. Ich musste nur nach Moskau. Und dann wurde ich aufgehalten. Komm rein.
– Aber nur kurz. Ich wollte nur nachsehen, ob du wieder aufgetaucht bist.
Ihre Augen baten um Verzeihung. Im Voraus.
– Was ist, schläft Nikita wieder nicht? fragte ich.
– Du hast wahrscheinlich die Nase voll von uns?
– Ach was, das ist in Ordnung. Warte, ich mach nur die Tür zu.
Als er mich sah, lief der Junge sofort in sein Zimmer.
– Warum hast du deine Soldaten auf dem Teppich liegenlassen? fragte ich, als ich hinter ihm reinkam. – Man lässt seine Jungs nicht im Stich. Na hier, nimm.

Er streckte die Hand aus und nahm mir seine Leutchen ab.
– Danke.
– Los, ab ins Bett, aber schnell.
Er zog die Hose und das Hemd aus und sprang rasch ins Bett.
– Na, na, genug gezappelt, sagte ich nach einer Minute. – Was kicherst du denn da?
Unter der Decke hervor spähte ein Auge. Dann ein zweites. Dunkel, wie Pflaumen.
– Ich weiß Bescheid.
– Was weißt du?
– Ich weiß Bescheid, ich weiß Bescheid.
– Was weißt du denn?
– Dass du nicht zum Fürchten bist. Es ist bloß dein Gesicht.
– Aha, so, jetzt wird aber schnell geschlafen. Sonst … rufe ich deine Mama.
Er kicherte wieder und versteckte sich unter der Decke.
– Ich gehe nicht weg, bevor du nicht schläfst.
Fünf Minuten später entdeckte ich auf dem Tisch ein Blatt Papier. Daneben lag ein Bleistift. Als Olga hereinkam, war ich fast fertig.
– Wessen Gesicht ist das? fragte sie. – Es kommt mir irgendwie bekannt vor.
– Meines, sagte ich und legte den Bleistift hin.
Nikita schnaufte laut unter der Decke.

Seite 25 **Koschtschej Bessmertnyj**
»Koschtschej, der Unsterbliche«, eine Gestalt aus der russischen Mythologie, ein böser Greis, dessen Seele sich außerhalb seines Körpers befindet und der deshalb nur schwer zu töten ist.

Seite 30 **Bleib mir bloß vom Hals mit deinen Bullen**
Bezieht sich darauf, dass der Sportklub *Dynamo* in Sowjetzeiten zum KGB gehörte.

Seite 31 **Vor einem halben Jahr haben sie hier die komplette Maikop-Brigade plattgemacht**
Im ersten Tschetschenienkrieg erlitt die russische Armee beim Sturm auf Grosny 1994-95 verheerende Verluste; die Maikop-Brigade verlor an Neujahr 1995 in Grosny fast sämtliche Panzer und Hunderte von Soldaten.

Seite 33 **Ilja Glasunow**
Russischer Künstler (geb. 1930).

Seite 33 **Argumenty i fakty**
Populäre russische Wochenzeitung.

Seite 35 **Massandra**
Ort auf der Krim, bekannt für das gleichnamige Weingut.

Seite 37 **Hummeln**
Der tragbare Raketenwerfer vom Typ RPO-A Schmel (»Hummel«) ist eine besonders in Tschetschenien verbreitet eingesetzte russische Panzerabwehrwaffe.

Seite 44 **Es war aber der Satanas**
Lukas 22,3.

Seite 54 **Er hat ihre Augen verblendet**
Johannes 12,43.

Seite 68 **Pfeif nicht im Haus**
Nach russischem Aberglauben bringt Pfeifen in einem Raum Unglück, z.B. das Haus wird veröden, man wird verarmen oder die Mäuse anlocken.

Seite 71 **OMON**
Abk. für *Otrjad milizii osobogo nasnatschenija* (dt. Abteilung der Miliz für Spezialeinsätze), Spezialeinheit der russischen Miliz.

Seite 82 **ASLK**
Abkürzung für die Moskauer Autofabrik *Awtomobilny sawod imeni Leninskogo Komsomola* (dt. Automobilfabrik Lenin'scher Komsomol), in der u.a. der Moskwitsch hergestellt wurde.

Seite 82 **Chimki**
Ein außerhalb des Autobahnrings nordwestlich von Moskau gelegener Ort.

Seite 94 **Fracht 200**
Im russischen Militärjargon ist *Grus 200* der Ausdruck für einen gefallenen Soldaten oder einen Gefallenentransport.

Seite 97 **Die Stadt der Handwerker**
(russ. *Gorod Masterow*)
Sowjetischer Jugendfilm von 1965, Regie Wladimir Bytschkow, in dem ausländische Eroberer die mittelalterliche »Stadt der Handwerker« unterjochen.

Seite 107 **Barmalej**
Figur aus dem gleichnamigen Versmärchen des russischen Schriftstellers Kornej Tschukowski (1882–1969).

Osteuropäische Literatur in der edition suhrkamp Eine Auswahl

Anna Altschuk. schwebe zu stand. Gedichte. Mit einem Nachwort von Michail Ryklin und einem Werkstattbericht von Gabriele Leupold und Henrike Schmidt. Aus dem Russischen von Gabriele Leupold, Henrike Schmidt und Georg Witte. es 2610. 167 Seiten

Juri Andruchowytsch
- Engel und Dämonen der Peripherie. Essays. Aus dem Ukrainischen von Sabine Stöhr. es 2513. 217 Seiten
- Das letzte Territorium. Essays. Aus dem Ukrainischen von Alois Woldan. Nachwort übersetzt von Sofia Onufriv. es 2446. 192 Seiten

Juri Andruchowytsch/Andrzej Stasiuk. Mein Europa. Aus dem Ukrainischen von Martin Pollak und Sofia Onufriv. es 2370. 160 Seiten

Attila Bartis. Die Apokryphen des Lazarus. Zwölf Feuilletons. Aus dem Ungarischen von Laszlo Kornitzer. es 2498. 99 Seiten

Bora Ćosić
- Die Reise nach Alaska. Aus dem Serbischen von Katharina Wolf-Grießhaber. es 2493. 172 Seiten
- Die Zollerklärung. Aus dem Serbischen von Katharina Wolf-Grießhaber. es 2213. 153 Seiten

Miloš Crnjanski
- Ithaka und Kommentare. Aus dem Serbischen neu übersetzt und kommentiert von Peter Urban. es 2639. 260 Seiten

– Tagebuch über Čarnojević. Aus dem Serbischen von Hans Volk. Mit einem Nachwort von Ilma Rakusa. es 1867. 137 Seiten

László Darvasi
- Eine Frau besorgen. Kriegsgeschichten. Aus dem Ungarischen von Heinrich Eisterer, Terézia Mora und Agnes Relle. es 2448. 184 Seiten
- Herr Stern. Novellen. Aus dem Ungarischen von Heinrich Eisterer. es 2476. 227 Seiten

Ljubko Deresch
- Die Anbetung der Eidechse oder Wie man Engel vernichtet. Aus dem Ukrainischen von Maria Weissenböck. es 2480. 200 Seiten
- Intent! oder Die Spiegel des Todes. Aus dem Ukrainischen von Maria Weissenböck. es 2536. 316 Seiten
- Kult. Roman. Aus dem Ukrainischen von Juri Durkot und Sabine Stöhr. es 2449. 259 Seiten

Mircea Dinescu. Exil im Pfefferkorn. Gedichte. Ausgewählt, aus dem Rumänischen übersetzt und mit einem Nachwort versehen von Werner Söllner. es 1589. 115 Seiten

István Eörsi. Der rätselhafte Charme der Freiheit. Versuche über das Neinsagen. Aus dem Ungarischen von Anna Gara-Bak, Péter Máté, Gregor Mayer, Angela Plöger und Hans Skirecki. es 2271. 198 Seiten

Oleg Jurjew. Spaziergänge unter dem Hohlmond. Kleiner kaleidoskopischer Roman. Aus dem Russischen von Birgit Veit. es 2240. 134 Seiten

NF 349/2/12.10

Ryszard Kapuściński. Der Andere. Aus dem Polnischen von Martin Pollack. es 2544. 92 Seiten

Imre Kertész
- »Heureka!« Rede zum Nobelpreis für Literatur 2002. Aus dem Ungarischen von Kristin Schwamm. Bearbeitung Ingrid Krüger. es-Sonderdruck. 32 Seiten
- Schritt für Schritt. Drehbuch zum »Roman eines Schicksallosen«. Aus dem Ungarischen von Erich Berger. es 2292. 184 Seiten

Artur Klinaŭ Minsk. Sonnenstadt der Träume. Aus dem Russischen von Volker Weichsel. Mit Fotografien des Autors und Abbildungen. es 2491. 175 Seiten

Ryszard Krynicki. Wunde der Wahrheit. Gedichte. Herausgegeben, aus dem Polnischen übertragen und mit einem Nachwort versehen von Karl Dedecius. es 1664. 136 Seiten

Wojciech Kuczok. Höllisches Kino. Über Pasolini und andere. Aus dem Polnischen von Gabriele Leupold und Dorota Stroińska. es 2542. 138 Seiten

Stanisław Lem. Dialoge. Aus dem Polnischen von Jens Reuter. Mit einem Nachwort des Autors. es 1013. 319 Seiten

Barbara Markovic. Ausgehen. Aus dem Serbischen von Mascha Dabic. es 2581. 95 Seiten

Valzhyna Mort. Tränenfabrik. Gedichte. Aus dem Weißrussischen von Katharina Narbutović. es 2580. 86 Seiten

Taras Prochasko. Daraus lassen sich ein paar Erzählungen machen. Aus dem Ukrainischen von Maria Weissenböck. es 2578. 124 Seiten

NF 349/3/12.10

- My American Fictionary. Aus dem Serbokroatischen von Barbara Antkowiak. es 1895. 224 Seiten

Tomas Venclova. Vilnius. Eine Stadt in Europa. Aus dem Litauischen von Claudia Sinnig. Mit Fotografien von Arunas Baltenas. es 2473. 242 Seiten

Serhij Zhadan
- Anarchy in the UKR. Aus dem Ukrainischen von Claudia Dathe. es 2522. 216 Seiten
- Depeche Mode. Roman. Aus dem Ukrainischen von Juri Durkot und Sabine Stöhr. es 2494. 245 Seiten
- Geschichte der Kultur zu Anfang des Jahrhunderts. Gedichte. Aus dem Ukrainischen von Claudia Dathe. es 2455. 81 Seiten

Zu zweit nirgendwo. Neue Erzählungen aus Slowenien. Herausgegeben von Aleš Šteger und Mitja Čander. es 2416. 280 Seiten

NF 349/5/12.10

NF 383/1/7.10

Werner Fritsch. Die Alchemie der Utopie. Frankfurter Poetikvorlesungen 2009. es 2588. 190 Seiten

Durs Grünbein. Die Bars von Atlantis. Eine Erkundung in vierzehn Tauchgängen. es 2598. 60 Seiten

Wolfgang Fritz Haug. Kritik der Warenästhetik. Gefolgt von Warenästhetik im High-Tech-Kapitalismus. es 2553. 350 Seiten

Wilhelm Heitmeyer (Hg.). Deutsche Zustände. Folge 8. es 2602. 320 Seiten

Claudia Honegger, Sighard Neckel, Chantal Magnin. Strukturierte Verantwortungslosigkeit. Berichte aus der Bankenwelt. es 2607. 395 Seiten

Johannes Jansen. Im Durchgang. Absichten. es 2568. 70 Seiten

Thomas Kapielski. Mischwald. es 2597. 347 Seiten

Barbara Marković. Ausgehen. es 2581. 95 Seiten

Robert Menasse. Permanente Revolution der Begriffe. Vorträge zur Kritik der Abklärung. es 2592. 123 Seiten

Franco Moretti. Kurven, Karten, Stammbäume. Abstrakte Modelle für die Literaturgeschichte. es 2564. 138 Seiten

Valzhyna Mort. Tränenfabrik. Gedichte. es 2580. 86 Seiten

Barbara Nolte, Jan Heidtmann. Die da oben. Innenansichten aus deutschen Chefetagen. es 2599. 202 Seiten

Albert Ostermaier. Fratzen. Blaue Spiegel. Stücke. es 2587. 155 Seiten

NF 383/2/7.10

Taras Prochasko. Daraus lassen sich ein paar Erzählungen machen. es 2578. 124 Seiten

Shalini Randeria, Andreas Eckert. Vom Imperialismus zum Empire. Nicht-westliche Perspektiven auf Globalisierung. es 2548. 337 Seiten

Stefan Rieger, Benjamin Bühler. Das Wuchern der Pflanzen. Ein Florilegium des Wissens. es 2547. 324 Seiten

Peter Rudolf. Das »neue« Amerika. Außenpolitik unter Barack Obama. es 2596. 168 Seiten

Werner Schiffauer. Nach dem Islamismus. Eine Ethnographie der Islamischen Gemeinschaft Milli Görüş. es 2570. 200 Seiten

Frank Schirrmacher, Thomas Strobl. Die Zukunft des Kapitalismus. es 2603. 198 Seiten

Aleš Šteger. Preußenpark. Berliner Skizzen. es 2569. 156 Seiten

Bernard Stiegler. Von der Biopolitik zur Psychomacht. Logik der Sorge II. es 2575. 203 Seiten

Uwe Tellkamp. Die Sandwirtschaft. Anmerkungen zu Schrift und Zeit. Leipziger Poetikvorlesung.
es-Sonderdruck . 163 Seiten

Merk Terkessidis. Interkultur. es 2589. 220 Seiten

Franz Walter
- Charismatiker und Effizienzen. Porträts aus 60 Jahren Bundesrepublik. es 2577. 405 Seiten
- Vorwärts oder abwärts? Zur Transformation der Sozialdemokratie. es 2622. 142 Seiten

NF 383/3/7.10

Beat Wyss. Nach den großen Erzählungen. es 2549. 218 Seiten

Yang Xianhui. Die Rechtsabweichler von Jiabiangou. Berichte aus einem Umerziehungslager. es 2591. 249 Seiten

Slavoj Žižek. Auf verlorenem Posten. es 2562. 319 Seiten

NF 383/4/7.10